成都·成华历史人文丛书 专题卷

文人笔下的东城图景

刘小葵 编著

四川文艺出版社

图书在版编目（CIP）数据

诗文成华：文人笔下的东城图景/ 刘小葵编著. — 成都：四川
文艺出版社,2020.7

（成都·成华历史人文丛书）

ISBN 978-7-5411-5714-1

Ⅰ.①诗… Ⅱ.①刘… Ⅲ.①中国文学—作品综合集 Ⅳ.①I211

中国版本图书馆CIP数据核字（2020）第071556号

SHIWENCHENGHUA: WENRENBIXIA DE DONGCHENGTUJING

诗文成华：文人笔下的东城图景

刘小葵　编著

出 品 人	张庆宁
责任编辑	王思鈜　罗月婷
封面设计	叶 茂
内文设计	叶 茂
责任校对	段 敏
责任印制	唐 茵

出版发行　四川文艺出版社（成都市槐树街 2 号）

网　址　www.scwys.com

电　话　028-86259287（发行部）　028-86259303（编辑部）

传　真　028-86259306

邮购地址　成都市槐树街 2 号四川文艺出版社邮购部　610031

排　版　四川最近文化传播有限公司

印　刷　四川华龙印务有限公司

成品尺寸	157mm×235mm	开　本	16 开
印　张	19.25	字　数	290 千
版　次	2020 年 7 月第一版	印　次	2020 年 7 月第一次印刷
书　号	ISBN 978-7-5411-5714-1		
定　价	48.00 元		

《成都·成华历史人文丛书》
编写机构人员名单

总 序

　　成华区作为成都历史上独立的行政区划，是从 1990 年开始的，它是一个非常年轻的区。但是成华这块土地，作为古老成都的一个重要组成区域，则有着悠远的历史与深厚的文化根基。

　　"成华"区名，是成都县与华阳县两个历史地理概念的合称，而成都与华阳很早就出现在古代典籍中。《山海经·大荒北经》中曾有"大荒之中，有山名曰成都载天"的记载，有学者据此认为，成都可能是远古时候的一个国名，或者是古族名。华阳之名也一样历史悠久，《尚书·禹贡》云："华阳黑水惟梁州。"梁州是上古的九州之一，包括今天川渝及陕滇黔的个别地方，华阳即华山之阳，是指华山以南地方。东晋常璩所撰写的西南地方历史著作《华阳国志》便以地名为书名。唐代开始，地处"华山之阳"的成都平原上便有了华阳县，也从此形成了成都市区二县共拥一城的格局。唐人李吉甫在地理名著《元和郡县图志》一书中，对成都与华阳做了更进一步的记载："成都县，本南夷蜀侯之所理也，秦惠王遣张仪、司马错定蜀，因筑城而郡县之。""华阳县，本汉广都县地，贞观十七年分蜀县置。乾元元年改为华阳县，华阳本蜀国之号，因以为名。"由此可见，成都与华阳历史之悠久，仅从行政区域角度看，成都从最初置县至今已有两千三百多年，而华阳置县从唐乾元元年（758）至今也有一千二百多年了。

　　不仅成华之名源远流长，具有丰富的人文内涵，成华这片土地更是积淀着厚重的历史与文化。可以说成华既是一部沉甸甸的史书，也是一首动人心魄的长诗。这里有纵贯全境且流淌着历史血液与透露着浓烈人文气息的沙河，有一万年前古人类使用过的石器，有堆积数千年文明的羊子山，有初建成都城挖土形成的北池，有浸透了汉赋韵律的驷马桥，有塞北雄浑的穹顶式和陵，有闻名宇内的川西第一禅林，有道家留下的浪漫神话传说，有移民创造的客家文化，还有难忘的当代工业文明记忆，还有世界的宠儿大熊猫……

成华有叙述不尽的历史故事。

成华有百看不厌的人文风景。

成华的历史是悠久的巴蜀历史的一部分；成华土地上生长的文明是灿烂的巴蜀文明的重要组成部分。

为了把这耀眼的历史文化集中而清晰地展现给人们，同时也为后世保留一笔珍贵的精神财富，中共成华区委和成华区人民政府立足全区资源禀赋和现实基础，将组织编写并出版"成都·成华历史人文丛书"纳入"文化品牌塑造"工程的重要内容之一。由成华区委宣传部、成华区文联、成华区文旅体局、成华区地志办等单位牵头策划，并组织一批学者、作家共同完成这套丛书，包括综合卷与街道卷两大部分，共计二十册。其中综合卷六册，街道卷十四册。综合卷从宏观的视野述说沙河的过往，清理历史的遗迹，讲述客家的故事，描写熊猫的经历，抒写诗文的成华，回眸东郊工业文明的辉煌成就。街道卷则更多从细微处入手，集中挖掘与整理蕴藏在社区、在民间的历史文化片断。

历史潮流滚滚前行。成华作为日益国际化的成都主城区之一，随着城市化进程的深入推进，对生活在成华本土的"原住民"和外来"移民"，更加渴望了解脚下这片土地，构建了积极的文化归宿。此次大规模地全面梳理、挖掘本土历史，并以人文地理散文的形式出版，在成华建区史上尚属首次。这既顺应了群众呼声、历史潮流，又充分展现了成华人的文化自觉和文化自信。

"成都·成华历史人文丛书"是成华人对成华悠久历史、深厚文化的一次深邃的打量，更是成华人献给自身脚下这片土地的一份深情与厚爱！

书籍记录岁月，照亮历史，传播文化。书籍是人类精神文明的载体，中华数千年的历史文化传承，书籍功莫大焉。如今，中国人民正在追求民族复兴的伟大梦想，通过书籍去回顾历史、展望未来，乃是实现这一复兴之梦的重要路径。

身在"华阳国"中的成华人，也有自己的梦。传承悠久的巴蜀文明，弘扬优秀的天府文化，正是我们的圆梦方式之一。

这便是出版"成都·成华历史人文丛书"的宗旨和意义之所在。

张义奇　蒋松谷

前　言

　　诗文，诗歌和散文的合称。诗词歌赋、辞曲章句等文字都可称为诗文。

　　在中国文学史上，最早的诗歌总集是距今三千年左右的《诗经》。它是周朝的采诗官到民间采集整理的结果。《汉书·艺文志》曰："哀乐之心感，而歌咏之声发。诵其言谓之诗，咏其声谓之歌。故古有采诗之官，王者所以观风俗、知得失、自考正也。"采诗官事实上担当了国家民意调查员、新闻记者和国家诗歌记录者的重任。唐代白居易《采诗官》言："采诗听歌导人言。"

　　采诗官对古代诗篇的采集和流传做出了很大贡献。周代采诗对后世影响极大，这一传统延续下来。在古代地方志的体例中，都会有《艺文志》这一章节，记录留存本地区前人的诗词、疏奏、诏表、书简、记传、箴铭、题跋、祭文、墓志、碑刻等内容。

　　成都市成华区设立于 1990 年，地处锦江东岸、成都城区东北部，该地区唐宋以降皆属于东郊。历史上此区域北部属成都县，南部属华阳县。成华区单独作为一个县级行政区划的时间较短，尚未有前人系统性地收集整理属于这块土地的历史诗文。因此，笔者拟将散见于历朝县志、文人诗集、笔记小说、民国报刊等各种典籍中的相关资料加以收罗整理、分类校勘，这虽是一件很不容易的事，却很有意义。

　　本书收录的诗文，有大名鼎鼎的杜甫、陆游、范成大、李调元等大诗人的作品，他们在现属成华区的成都东郊、北池（今白莲池）、昭觉寺等地的吟咏，为这片土地留下了光彩的印记。诗歌创作对象之一的驷马桥，由于司马相如"题桥明誓"的典故，后世文人到此无不感慨万千，由此产生了大量优秀的诗文、戏剧篇章。

这本《诗文成华》，收集了唐、宋、元、明、清以及近现代和当代的诗文共约八百首（篇）。选录以"表达成华，成华表达"为标准，也就是说宦游、留寓于此的他乡人有感于成华风物而留下的诗文以及成华土著人士写作的诗文，都是本书应该收录的。由于历代辖区的变迁，部分区域后归他县，本着对历史文化的尊重态度，我们也收录了这些地方的诗文。

成都市成华区行政区划图

成都市城区

图例

目 录

后记

东郊诗词

　　成华区地处成都东北部，其辖地大部古属成都府华阳县，境内由平畴沃野逐渐向丘陵山地过渡。此地多有唐宋遗迹，留存下诸多诗文。有清一代，大量客家人迁徙此地，聚族而居，形成了独具特色的东山客家文化。20世纪中叶，成都东郊作为工业文明的符号，在此被世人熟知。今天的"东郊记忆"，依然管道纵横、车床林立、烟囱高耸，这就是那段辉煌历史不可磨灭的遗迹。

丁酉正月二日东郊故事

(宋·范成大)

椒盘宿酒未全醒，扰扰金鞍逐画辀。

麦雨一犁随处绿，柳烟千缕几时青？

客愁旧岁连新岁，归路长亭间短亭。

万里松楸双泪堕，风前安得讳飘零？

【作者】范成大（1126—1193），字至能，一字幼元，早年自号此山居士，晚号石湖居士。平江府吴县（今江苏苏州）人。范成大素有文名，尤工于诗。与杨万里、陆游、尤袤合称南宋"中兴四大诗人"。著有《石湖集》《揽辔录》《吴船录》《吴郡志》《桂海虞衡志》等。

【注】淳熙二年（1175），范成大任四川制置使、知成都府，淳熙四年（1177）离任，在川为官两年。

再出东郊

(宋·范成大)

晚景增年惯，官身作客谙。

大都缘偶熟，岂是性能堪。

昔者开三径，他时老一龛。

越溪亲种竹，芸绿想毵毵。

城东马上作

（宋·陆游）

古寺名园处处行，翩然南陌复东城。

手柔弓燥猎徒喜，耳热酒酣诗兴生。

月似有情迎马见，莺如相识向人鸣。

摩挲病眼还三叹，犹拟中原看太平。

【作者】陆游（1125—1210），字务观，号放翁，越州山阴（今浙江绍兴）人。陆游中年入蜀，先入四川宣抚使幕，复任四川制置使司参议官。工诗、词、散文，亦长于史学。其诗多为沉郁顿挫、感激豪宕之作，与尤袤、杨万里、范成大并称为南渡后四大家、"中兴四大诗人"。著有《剑南诗稿》《渭南文集》《南唐书》《老学庵笔记》等。

思蜀

（宋·陆游）

园庐已卜锦城东，乘驿归来更得穷。

只道骅骝开道路，岂知鱼鸟困池笼。

石犀祠下春波绿，金雁桥边夜烛红。

未死旧游如可继，典衣犹拟醉郫筒。

【注】历史上寓蜀的诗人，对成都感情最深的，恐怕要数陆游

了。他以《思蜀》二字为题的诗何其多也。此首《思蜀》诗中的"园庐已卜锦城东",与其《遣兴》中的"西州落魄九年余,濯锦江头已结庐",互为呼应,当皆指城东同一园庐。

野意

（宋·陆游）

小东门外曳筇枝,白葛乌纱自一奇。

闲客消遥无吏责,茂阴清润胜花时。

茶经每向僧窗读,菰米仍于野艇炊。

便觉眼边归路近,镜湖禹庙见参差。

【注】《成都通史》卷四记载:"成都小东门外园林,有千叶朱砂海棠一株,奇丽绝代。"

东郊赋诗

（宋·郭震）

今日出东郊,东郊好春色。

青青原上草,莫放征马食。

【作者】郭震,字希声,号渔舟先生,又号汾阳山人,四川成都人。宋太宗淳化四年(993)诣阙上书,言蜀将乱,后隐居。事见《东都事略》卷一一八《隐逸传》。有《渔舟集》,李畋尝为之作序，已佚。

【注】据《苏轼集》载，蜀人任介、郭震、李畋，皆博学能诗、晓音律，相与为莫逆之交，游荡不羁，礼法之士鄙之。然皆才识过人。李顺之将乱，震游成都东郊，忽赋此诗。遂走京师上书，言蜀将乱，不报。期年，其言乃效。故，此诗当作于太宗淳化四年（993）。

东郊

（清·潘元音）

菜花黄似鹅儿酒，麦陇青于鹦鹉洲。
记得春风三月里，一帆飞过岳阳楼。

【作者】潘元音，字希声，号东庵，与其子潘时彤均为华阳（今四川成都）名儒。乾隆二十五年（1760）举人，曾授广东阳山县知县等职。著有《东庵诗文集》，民国《华阳县志》的《艺文志》载录其多篇诗文。

沁园春·春后二日游东北郊

（当代·张秀熟）

漫步龙潭，满怀兴奋，忽忆前仇。记蒋帮误国，招来日寇，后方无备，敌弹狂投。跳蹬河边，圣灯寺畔，空有书生锐志遒。夜惊起，听荒凉四野，哀声沉浮。　　十年宏展新猷。顿入眼江山气象稠。有无边春色，飞来大地，千幢工厂，竞耸朱楼，车卷黄尘，田翻碧浪，并举工农争上游。非远景！把美英纸虎，抛向后头。

【作者】张秀熟（1895—1994），四川平武人，著名教育家。历任四川省教育厅厅长、四川省副省长、四川省人大常委会副主任等职。著有《二声集》《畅言诗录》等。

【注】上阕原注云："抗战初期，敌机狂袭成都，我亦随成都师范师生迁于东郊圣灯寺，昼夜常跑警报。猛追湾附近一次被炸，即死伤学生及市民30余人……"下阕原注云："东北郊已成工业区，无数红楼，尽是工厂。"原载1959年3月1日《四川日报》。

忆王孙·八里庄

（当代·陈孟仁）

横郊一带是陂塘，工业中心八里庄，万户千门尽厂房。隔红墙，隐隐机声遮道旁。

【作者】陈孟仁（1901—1967），字志中，别署成斋，晚号六三先生，四川忠县（今属重庆）人。平生酷爱诗词楹联，尤精于词学，著有《成斋词稿》。

【注】八里庄：位于成都东北郊，原为新兴工业区，今在成都中环成华段。陂塘：池塘。陂，一作山坡讲。成都八里庄一带的小山和池塘，经过数年建设，成为工业中心。

浪淘沙 · 成都东郊

（当代 · 陈述泉）

豪气贯长虹，建设英雄。琼楼玉宇锦城东。整治沙河流碧水，柳绿花红。　旧貌换新容，满面春风。重游醉人梦魂中。难觅当年鸿爪迹，保密军工。

【作者】陈述泉，字时雨，湖南湘潭人。毕业于电子科技大学，从事科研工作。中华诗词学会会员，曾任成都老年诗词学会副会长等职。

【注】2004年，成都沙河综合整治工程竣工，整治一新的沙河重现碧波荡漾、绿树成荫的盛景。此首《浪淘沙 · 成都东郊》选自2008年杨吉成主编的《花重锦官城》一书。

胜迹诗词文

　　唐朝诗人孟浩然诗云：人事有代谢，往来成古今。江山留胜迹，我辈复登临。中华历史如同长江黄河，源远流长，浩浩汤汤，涌现出许多杰出的人物，他们足履所经的津梁，他们笔墨留存的崖壁，他们饮茶品茗的宫观……成为了后人凭吊的名胜古迹。在成华这方土地上，司马相如来过、杜甫来过、范成大和陆游来过……他们登临山水胜迹，凭吊古代先贤，诗绪迸发，为这方水土留下了宝贵的精神文化遗产。让我们走进这些诗文，为我们的家乡而骄傲，为我们的文化而自豪。

驷马桥诗词文

　　驷马桥，原名升仙桥。在成都北门外，传为李冰所建，原为木桥，现已无存。常璩的《华阳国志》载："城北十里有升仙桥，有送客观。司马相如初入长安，题市门曰：'不乘赤车驷马，不过汝下。'"为了纪念司马相如的励志壮举，北宋时成都知府京镗重修此桥，改桥名为驷马桥，并作《驷马桥记》云："兹建桥以驷马名，自是长卿之遗踪，亦不泯矣。"此桥历来为川陕古道起点，今仍为成都北上的主路之一。司马题桥、题桥柱、题桥客等便成为广为流传的励志典故，化为后世文人墨客吟咏的千古主题。

升仙桥

（唐·岑参）

长桥题柱去，犹是未达时。

及乘驷马车，却从桥上归。

名共东流水，滔滔无尽期。

　　【作者】岑参（约715—769），唐代边塞诗人。曾官嘉州（今乐山）刺史，世称"岑嘉州"。诗风与高适相近，二人并称"高岑"。

　　【注】大历元年（766）七月，五十二岁的岑参抵达成都，至大历四年（769）年末，卒于成都旅舍。岑参在成都生活了三年多，在

此期间他登临升仙桥，写下此诗。

升仙桥

（唐·罗隐）

危梁枕路岐，驻马问前时。

价自友朋得，名因妇女知。

直须论运命，不得逞文词。

执戟君乡里，荣华竟若为。

【作者】罗隐（833—909），本名横，字昭谏，号江东生，浙江杭州人。以诗文名于当世。不受朱温征召。镇海军节度使钱镠辟为掌书记，后迁节度判官、给事中等。有《谗书》《江东甲乙集》等。

【注】唐末战乱，罗隐随僖宗避难来蜀。站在进入成都必经之路的升仙桥上，罗隐睹物思情，见古伤怀，写下此诗。

驷马桥赋

（唐·李远）

昔蜀郡之司马相如，指长安兮将离所居。意气而登桥有感，沉吟而命笔爱书。觊并迁莺，将欲夸其名姓；非乘驷马，誓不还于里间。原夫别骑留连，乡心顾望。铜梁杳杳以横翠，锦水翩翩而进浪。徘徊浮柱之侧，睥睨长虹之上。神催下笔，俄闻风雨之声；影落中流，已动龙蛇之状。观者纷纷，嗟其不群。染翰而含情自负，挥毫而纵意成文。渥泽尚遥，滴沥空瞻于垂露；翻飞未及，离披且睹其崩云。盖以立誓无疑，传芳不朽。人才既许其独出，富贵应知其自有。潜生肸蠁之心，暗契纵横之手。于是名垂要路，价重仙桥。离离迥出，一一高标。参差鸟迹之文，旁临彩槛；踊跃鹏抟之势，下视丹霄。

▲ 1937—1938年驷马桥　［日］岛崎役治摄

既而玉垒经过，金门宠异。方陪侍从之列，忽奉西南之使。乘轺电逝于退方，建节风生于旧地。结构如故，高低可记。追寻往迹，先知今日之荣；拂拭轻尘，宛是昔时之字。想夫危梁藓剥，渍墨虫穿。长含气象，久滞风烟。几遭凡目之见嗤，徒云率尔；终俟瑰姿之后至，觉始昭然。所谓题记数行，寂寥千载。何搦管而无惑，如合符而终往。警后进而慕前贤，亦丁字而有待。

【作者】李远（？—860？），字求古，一作承古，夔州云安（今重庆云阳）人，唐代进士，官至御史中丞。善为文，尤工于诗。与杜牧、许浑、李商隐、温庭筠等交游，与许浑齐名，时号"浑诗远赋"。李远的诗赋清丽疏放，骈俪工稳，极富艺术感染力。李远诗赋俱有佳作，而赋更为人称道。今人李之亮有《李远诗注》。《全唐诗》存其诗一卷，《全唐诗外编》补入一首。

升仙桥

（唐·汪遵）

其一

题桥贵欲露先诚，此日人皆笑率情。

应讶临邛沽酒客，逢时还作汉公卿。

其二

汉朝卿相尽风云，司马题桥众又闻。

何事不如杨得意，解搜贤哲荐明君。

【作者】汪遵，一作王遵。生卒年不详，宣州泾县（今安徽泾县）人。初为县小吏。家贫，借书于人，昼夜苦读，工为诗，人皆不觉。后辞吏就试。咸通七年（866），登进士第。有《咏史诗》一卷、《全唐诗》存其诗一卷。

【注】汪遵善作怀古诗，此二首七绝，借司马相如的典故抒发自己怀才不遇之情。

升仙桥遇风雨大至憩小店

〔宋·陆游〕

触热真疑堕火灰，雨如飞镞亦佳哉。

空江鱼鳖从龙起，平野雷霆拥马来。

正怪横吹屋茅尽，俄闻下击涧松摧。

晚来日漏风犹急，卧看柴扉阖复开。

【注】按《陆游全集校注》言，此诗乃淳熙三年（1176）六月作于成都。清末民初，朱山的《苦泞雨》一诗，写成都八月的苦泞雨。"起视屋漏看天隙，堂前积水生鱼虾"，或可相较而读。

十一月三日过升仙桥作三首

〔宋·陆游〕

早过升仙不暇炊，桥边买饼疗朝饥。

纷纷满座谁能识，大似新丰独酌时。

又

熨手金鞭天马驹，冰河雪谷笑谈无。

只言燕赵多奇士，岂必书生尽腐儒。

又

桥边沙水绿蒲老，原上烟芜黄犊闲。

老子真成兴不浅，凭鞍归梦绕家山。

【注】据《新唐书·马周传》记载，唐朝马周未仕前，投宿新丰，被店主小瞧。于是他沽酒一斗八，悠然独酌，旁人大感惊异。后以"新丰独酌"指人物未发迹时志向远大或豪气干云。

升迁

（宋·范镇）

去用文章结主知，出衔恩旨谕皇威。

相如终古成轻诋，桥上空题驷马归。

【作者】范镇（1007—1088），字景仁，华阳（今四川成都）人。北宋文学家、史学家，翰林学士。宋仁宗宝元元年（1038）举进士第一，调新安主簿。知谏院，以直言敢谏闻名。后为翰林学士。因与王安石政见不合而辞官。哲宗即位，起为端明殿学士，固辞不拜。累封蜀郡公。著述甚丰，有《范蜀公集》，曾参与修编《新唐书》，中国史学界有"三范修史"的佳话，三范指范镇、范祖禹、范冲，均为华阳人。《宋史》有《范镇传》。

【注】元朝无名氏的杂剧《马陵道》中说"学成文武艺，货与帝王家"，范镇的诗说"文章结主知""衔恩旨谕皇威"，如司马相如一样，中国读书人都有一种"位卑未敢忘忧国"的家国情怀。然而，"忧国常先众"的范镇因在熙宁变法中老成持重而得不到朝廷重用，徒有满腔的抱负却得不到施展，熙宁八年（1075），

六十八岁的范镇回到成都，在升仙桥上触景生情，发出了"桥上空题驷马归"的感叹。

题升仙桥

（宋·李石）

茂陵读赋喜虚无，不是题桥便丈夫。

漫说归乡夸驷马，也曾涤器对当垆。

【作者】李石（1108—1181），字知几，号方舟，资州盘石（今四川资阳资中县）人。宋高宗绍兴二十一年（1151）进士。孝宗乾道中，以荐任太学博士。因直言径行，不附权贵，出主石室。蜀人从学者如云，闽越之士亦万里而往，刻石题诸生名者几千人。时作山水小笔，风调远俗。后卒于成都，年七十余。著有《方舟易学》《方舟集》《续博物志》等。

【注】据宋人邓椿的《画继》载，李石"少负才名"，虽中进士，但远离中枢，对权贵多有直言。因而身处升仙桥，他别有一番滋味在心头。

司马相如题柱图

（宋·郑思肖）

初上升仙何慷慨，重来衣锦颇从容。

男儿意气当如此，透过禹门方是龙。

【作者】郑思肖（1241—1318），宋末诗人、画家，连江（今福建连江县）人。原名不详，宋亡后改名思肖，亦自称菊山后人、景定诗人、三外野人、三外老夫等。有诗集《心史》《郑所南先生文集》《所南翁一百二十图诗集》等。

【注】古人说，成都沃野千里、物产丰厚。富足造就闲适，闲适消磨意志，所以，李白说："锦城虽云乐，不如早还家。"很多蜀人走出四川，成就了一番大事业。故也有"蜀中自古多才俊，一出夔门便化龙"的说法。郑思肖的"透过禹门方是龙"便是此意。

水调歌头·百堞龟城北

（宋·京镗）

百堞龟城北，江势远连空。杠梁济涉，浑似溪涧饮长虹。覆以翚飞华宇，载以鱼浮叠石，守护有神龙。好看发源水，滚滚尽流东。　　司马氏，凌云气，盖群公。当年题柱，从此奏赋动天容。果驾轺车使蜀，能致诸蛮臣汉，邛筰道仍通。寄语登桥者，努力继前功。

【作者】京镗（1138—1200），字仲远，南宋丞相、词人，晚号松坡居士豫章（今江西南昌）人。淳熙十五年（1188），京镗任四川安抚制置使兼知成都府，在成都四年，留下很多反映巴蜀景物、乡土民风的作品。有诗集七卷、词集《松坡居士乐府》二卷、《文献通考》传于世。《宋史》有传。

【注】作者原注："伏蒙都运、都大、判院以某新建驷马楼落成有日，宠赐佳词，为郡邑之光，辄勉继严韵，以谢万分。"宋孝宗淳熙十六年（1189），身为四川安抚制置使、知成都府的京镗重修业已破败的升仙桥，并改名为驷马桥。桥竣工之时，同僚们赋词祝贺，作者也填此阕答谢。"寄语登桥者，努力继前功"，词末点明写作宗旨，推崇题桥的前贤，目的是激发今之登桥者奋发有为。

驷马桥记

（宋·京镗）

出成都城北门不百步，有桥旧名清远；凡自他道来成都者必经焉。清献赵公所编《成都集记》，最为精详。

余因究"清远"得名之自：则成都有桥七，谓象应七星；独清远不与。及究司马长卿题柱之所名"升仙"者，乃在数。然其说谓，当在上流五里，今之名"升仙"者在下流七里；《集记》已疑其非古矣。余谓长卿负"飘飘凌云游天地"之意气，发轫趋长安时，欲与蜀山川泄其不平；其操笔大书，当于万目睽睽之地，决不在三家出无疑也。况象应七星之义，必其屈曲连属，不应升仙独与他桥相辽绝。陵谷有变移，册牍有缺逸，窃意近时之清远，即昔日之升仙。

不然，九达之冲，百堞之旁，一杠梁如此，反不载于《成都集记》，何耶？《集记》作于国朝，使清远之名果得于古，清献公岂肯略之于简编之外？余久欲订正之，而无其因。先是桥隶邑尉，邑尉多苟且逭责，叠石编木，工不精良。不惟简陋，视会府弗称；岁久石且泐、木且折，势将圮败；过者病焉。乃于农隙水涸时，撤而新之。取长卿题柱之语，扁以"驷马"。因去"清远"不经之名，记其辩也；不废"升仙"相仍之地，存其疑也。

或曰，是则然矣，无亦以贵富，期待蜀士耶，曰余何敢浅蜀士，余所期待，又在贵富外，名当传信，稽事考迹，曰驷马为宜。粤自六丁开蜀，参井岷峨之英灵，耻秦不文德，不忍度剑关者，百七十有余年，至汉文翁守蜀，始振发之。长卿实钟其英灵者，首入帝京，以雄丽温雅之文，动万乘，震一时。其后蜀士接轸以进者，皆长卿破其荒。议功当为文翁，亚文翁创兴之学，长卿经行之桥，事虽不侔，迹皆不当芜没。

余来成都学宫，敧倾欲坠，已改筑栋宇，人谓自成均而下，无此壮观，似足以侈文翁化蜀之万分，兹建桥以驷马名，自是长卿之遗踪，亦不泯矣。若曰长卿非全德，不为蜀士所多，则非余访古名桥之意也。

桥石其址以酾水，如堆阜者三；屋其背以障风雨，如楼观者十有五楹。板其墟距江底高二十有二尺；其修十有七丈；其广二丈。甃南北两涘，以御冲决。翼东西两亭，以便登览。经始于故岁十二月之戊戌，告具于今岁四月之庚辰。是役也，取馀于公帑，则民不知扰；责成于察案，则官无妄费。易名以辩千古之疑，则所传或不朽。持是以纪于石，尚庶几无愧辞云。

【注】京镗的《驷马桥记》，我们可以把它当成历史档案来看。京镗重修的驷马桥，为四孔廊桥，下为石质桥墩，上为木质桥板，桥长十七丈，桥宽二丈，桥面距江底二十二尺，桥东西两侧各一个亭，便于大众登临，凭栏眺望。

李怀安拥麾入蜀道出郫江见赠二诗依韵奉酬（其一）

（宋·王十朋）

不肯随群慕鹤轩，慨然丹陛吐危言。

坐看蜀道平如地，可见忠臣勇似尊。

驷马桥边驱弩矢，杜鹃声里拥旌旛。

要须入境询风俗，首访严遵李仲元。

【作者】王十朋（1112—1171），字龟龄，号梅溪，温州乐清（今浙江乐清）人。宋高宗绍兴二十七年（1157）进士第一，官秘书郎。曾数次建议整顿朝政，起用抗金将领。孝宗立，累官侍御史，力陈抗金恢复之计。历知饶、夔、湖、泉诸州，救灾除弊，有治绩，时人绘像而祠之，谥"忠文"。有《梅溪集》等。

【注】"驷马桥边驱弩矢"，意思是司马相如奉旨出使西南夷，高车驷马来到成都近郊。太守以下都出城欢迎，县令亲自背着弩矢在前面开道。

送成都护戎韩舍人

（宋·范祥）

全蜀兵符重，霄宸注念劳。临戎号人杰，分组得时髦。

军府威名播，斋坛世阀高。历桥题驷马，扬斾启三刀。

矍铄前谋大，澄清此志豪。忠臣希子贡，民颂继王褒。

腊市繁千盖，春江涨万艘。浣溪云粉薄，公暇废援毫。

022

诗文成华、

SHI
WEN
CHENG
HUA

【作者】范祥（？—1060），宋邠州三水（今陕西旬邑）人，字晋公。进士及第。镇戎军通判，知庆、汝、华州，提举陕西银铜坑冶铸钱。精于财计，尤熟解盐经营利弊。宋仁宗庆历四年（1044），建议改革盐法。八年，为提点陕西路刑狱兼制置解盐，推行钞盐制度，年省数百万缗。皇祐五年（1053），权领秦州事，兴役筑古渭寨，招致青唐诸羌反抗，兵败，降知唐州。嘉祐三年（1058），复总领盐事。

满江红·相如驷马桥

（元·李齐贤）

汉代文章，谁独步，上林词客。游曾倦，家徒四壁，气吞七泽。华表留言朝禁闼，使星动彩归乡国。笑向来，父老到如今，知豪杰。　　人世事，真难测。君亦尔，将谁责。顾金多禄厚，顿忘畴昔。琴上早期心共赤，镜中忍使头先白。能不改，只有蜀江边，青山色。

【作者】李齐贤（1288—1367），字仲思，号益斋、栎翁，朝鲜古代"三大诗人"之一。在中国期间，与赵孟𫖯、张养浩等过从甚密，引为知己。1316年李齐贤曾到峨眉山进香，并取道成都寻幽访古，留下《沁园春·将之成都》等作品。著作有《益斋乱稿》《栎翁稗说》《益斋长短句》等。

【注】一个高丽人，不远千里，来到成都，站在驷马桥上，遥想古人风采，一股崇敬之情油然而生。这是一种深得中华文化精髓而饱含深深钦佩之意的感情。至于下阕，谢桃坊先生认为，司马相如的社

会地位和人们对他的思想情感是不断变化的。宇宙间事物本来处于变化之中，自然山水也在改变，没有永恒的。《白头吟》的"愿得一人心，白头不相离"，这仅仅是理想。李白诗云："相如不忆贫贱时，官高金多聘私室。茂陵妹子皆求见，文君欢爱从此毕。"这表述的是生活的真实。

海棠白头翁鸟图

（元·凌云翰）

驷马桥边忆旧游，海棠红湿雨初收。
春禽似识文园令，也向花前叹白头。

【作者】凌云翰（1323—1388），字彦翀，钱塘（今浙江杭州）人。元至正年间举人。洪武初，以荐授成都府学教授。博览群籍，通经史，工诗，其诗词华而不靡，驰骋有法。著有《柘轩集》四卷。

【注】"驷马桥边忆旧游"，应为在欣赏画作《海棠白头翁鸟图》时想起卓文君事，同时忆起在成都驷马桥郊游的情景而作。

归蜀（一作代祀西岳至成都作）

（元·虞集）

我到成都住五日，驷马桥下春水生。
过江相送荷主意，还乡不留非我情。
鸬鹚轻筏下溪足，鹦鹉小窗呼客名。

024

诗文成华＼
SHI
WEN
CHENG
HUA

赖得郫筒酒易醉，夜深冲雨汉州城。

【作者】虞集（1272—1348），祖籍今四川仁寿，字伯生，号道园，世称邵庵先生。虞集素负文名，为"元儒四家""元诗四家"之一。著有《道园学古录》《道园遗稿》。

【注】《麓堂诗话》云："真得少陵家法。世人学杜，未得其雄健，而已失之粗率；未得其深厚，而已失之臃肿。如此者，未易多见也。"

拨不断·叹寒儒

（元·马致远）

叹寒儒，谩读书，读书须索题桥柱。题柱虽乘驷马车，乘车谁买长门赋。且看了长安回去。

【作者】马致远（1250—1324），字千里，号东篱，元大都（今北京）人。元初为江浙行省务官。工曲，善作杂剧。与关汉卿、郑光祖、白朴并称"元曲四大家"，被尊为"曲状元"，在元代文学史上享有极高声誉。有《桃源洞》《岳阳楼》和《汉宫秋》等。

司马相如

（元·徐钧）

卖赋名成卖酒馀，归来驷马拥高车。

锦衣只欲湔前耻，不道开边困里间。

【作者】徐钧，字秉国，号见心，兰溪（今属浙江）人。生卒年不详，约宋度宗咸淳年间（1270前后）在世。宋亡不仕。精史学，曾据《资治通鉴》所记事实，为史咏一千五百三十首。今存《史咏集》二卷，五代部分已佚。

清风先生传

（明·刘惟德）

先生姓杨，名学可。其先世居蜀之新都邑，相传为关西夫子杨震之后。至处士某，其裔也。有隐德，弗仕，惟读书教子，乡间称为善士。先生，其子也。自丱角，好《语》《孟》书。既长就学，从乡先生某受《诗》《书》《春秋》。三经学既通，丁元季世，海内震动，四郊多垒。先生知蜀不能居，乃遁入云南之昆明邑。昆明士君子闻先生来，争设皋比席以延之。先生讲论六经，开陈二帝三王治天下之大经大法，且谓帝王自有真，不可僭窃，以取荼毒。由是名①公贵人闻先生之言，皆守其分；大夫士②服先生之训，咸知其义。故多敬事先生，而心实忌之。先生亦知西南夷不可齐以礼，又不可屈己以从夷俗，寻归西蜀。

适遇明氏强盛，以国子助教逼之。先生辞不就职，至以法挟之，先生坚以抱疾杜门自守。逮乎圣朝混一海宇，先生与故官宿儒

---

① 名：原作"明"，据右引改。
② 士：原本无，据右引补。

计偕赴京师，诉老疾，辞归蜀。蜀之士知先生道学之明，执经座下者无虚日。先生随其才而教之，皆有造就。由是先生之师道益彰彰于远近矣。未几，蜀邸就封，崇儒重道，乃召先生为中士子矜式。士子多跻显宦，尽忠相国。王知先生有德，赐田宅于国之大安门外、驷马桥北，俾先生有终身之乐；特书"流水画桥题柱客，清风清舍读书人"一十四字，列于先生之门。士子从学者皆称先生为"清风先生"云。吴郡顾禄篆书"清风精舍"，扁于室，且为文以记。大夫士歌诗褒美。

永乐七年冬十一月，余奉使来蜀，道经其门，得拜先生函丈前。入门，则喜松竹满园，葑菲绕蹊，有隐者之趣焉；升堂，则喜诗书盈案，琴瑟在前，有长者之风焉。又爱温如昆山片玉者仲子也，秀若桂林一枝者季子也，茂似芝兰玉树者众孙也，贵如瑚琏圭璧者诸生也。先生坐定，略见辞色，亹亹乎经史，雍雍乎礼让。余益喜而敬，曰：先生少时奔走遐方，先难也，命也；暮年遭遇贤王，锡养老厚恩，后获也，命也。于是乎先生之清风远矣，高节遂矣！宜夫门弟子以清风先生称之，不诬矣。作《清风先生传》。

刘生曰：晋征士陶潜居柴桑里，于夏月高卧北牖，清风飒至，自谓"羲皇上人"。先生居精舍，子孙娱老，师生论道，清风徐来，焚香静坐，陶然为尧舜之民，视潜无愧矣。

【作者】刘惟德，生平不详。明朝人。著有《韩木兰（娥）传》。

【注】此文录自《天启成都府志》卷四十六。

怀四川二首（其二）

（明·孙蕡）

草堂烟树入青霄，汉殿荒台秀黍苗。

宇宙诗名今尚在，风云霸气未全消。

寒星夜落支机石，锦水春明驷马桥。

花柳旧游今几载，西风蓬鬓影萧萧。

【作者】孙蕡（1334—1389），字仲衍，号西庵，广东南海（今属广东顺德）人。博学工诗文，为南园五子之首。著有《西庵集》。

送张行人赍大行皇帝遗诏使秦蜀

（明·何景明）

我皇忽晏驾，君行辞直庐。

九霄持使节，万里捧哀书。

湖望双龙鼎，桥回驷马车。

锦城花满树，争识汉相如。

【作者】何景明（1483—1521），字仲默，号白坡，又号大复山人，河南信阳人。弘治十五年（1502）进士，授中书舍人，官至陕西提学副使。明代"文坛四杰""前七子"之一，诗文与李梦阳齐名。著有《大复集》《雍大记》《大复论》等。

送吕广文四川衡聘

（明·李梦阳）

大省文衡重，名师礼聘遥。

阁云褰暑旆，栈月引星轺。

古帝蚕丛国，今人驷马桥。

好将扬马辈，收取贡清朝。

【作者】李梦阳（1473—1530），字献吉，号空同子，陕西庆阳（今甘肃庆阳）人。弘治七年（1494）进士，授户部主事。善工书法，精于古文词。文沉博伟丽，诗雄浑豪壮，才力富健，笼罩一时。为复古派前七子领袖。著有《空同集》《弘德集》。

出北郊候入金绳寺独坐

（明·陆深）

初过城阴驷马桥，缘溪水竹正萧萧。

得闲岂恨流年晚，爱客浑忘去路遥。

风卷旆旌驱陆海，天寒楼阁霁烟霄。

南中景物长妍丽，囊底无劳叹皂貂。

【作者】陆深（1477—1544），明代文学家、书法家。初名荣，字子渊，号俨山，南直隶松江府（今上海）人。弘治十八年（1505）进士，授编修，官至詹事府詹事。著有《俨山集》，词在集中。陆深书法遒劲有法，如铁画银钩。其著述宏富，为明代上海人中绝无仅有。上海陆家嘴也因其故宅和祖茔而得名。

【注】嘉靖十二年（1533）至十四年（1535）任四川左布政使，对四川之风物颇多了解，故有"初过城阴驷马桥，缘溪水竹正萧萧"的诗句。

送周望往四川

（明·练子宁）

驷马桥边秋水波，郎君此去意如何。

衡阳雁阵惊寒早，巫峡猿啼入夜多。

一水东来通汉沔，众山西上接岷峨。

少陵祠宇清溪曲，为泻椒浆试一过。

【作者】练子宁（1350—1402），名安，江西新淦（今江西新干）人。英迈超群，洪武十八年（1385）榜眼，授翰林修撰，后任工部侍郎。燕王即位后被磔死，并遭灭族之祸。以文学闻名，方孝孺赞他博学而有文采。著有《金川玉屑集》。

题相如题柱图

（明·谢迁）

凌云气概欲何如，万里桥边驷马车。

词赋偶缘杨得意，却将负弩诧乡闾。

【作者】谢迁（1449—1531），字于乔，号木斋，浙江余姚人。成化十一年（1475）状元，嘉靖朝一品大学士。工书法，著有《归田稿》八卷。王世贞《国朝名贤遗墨》有录。

【注】相如题柱图：画中描写司马相如前往长安（今陕西西安）途经升仙桥时，在门柱上写下立志求取功名誓言的故事。负弩，《汉书》记载："建节使至蜀，蜀太守郊迎，县令负弩先驱。"背负弓箭，开路先行，此乃古代迎接贵宾之礼。

相如驷马桥

（明·王绂）

相如辞赋拟风骚，浪迹临邛逸气飘。
犊鼻岂应亲涤器，驷车直欲预题桥。
才名当世黄金重，志愿凌云碧汉遥。
富贵如何才满意，白头吟里恨偏饶。

【作者】王绂（1362—1416），字孟端，号友石生，以隐居九龙山，又号九龙山人，常州府无锡县（今江苏无锡）人。永乐中入翰林为中书舍人。善书法，尤工画山水竹石，妙绝一时。性高介绝俗，豪贵往见，每闭门不纳。有《王舍人诗集》。

相如题桥

（明·林光）

会得真虚不是虚，乾坤随处总如如。

凭谁寄语题桥子，何必还过驷马车。

【作者】林光（1439—1519），字缉熙，号南川，广东东莞人。成化元年（1465）举人。通经史，得吴澄论学诸书，读之大喜。中举后，从陈献章学。初为平湖教谕，官至襄王府左长史。著有《晦翁学验》（已佚）、《南川冰蘖集》。

过司马长卿驷马桥

（明·饶景辉）

长虹百尺抱氤氲，才子经过气象分。

题柱声名高照日，挥毫辞赋上凌云。

至今豪爽依然在，何处轩车高可闻。

欲为明时更论蜀，青山曾否剩奇人。

【作者】饶景辉，江西进贤人，明朝进士，万历时任右布政使、四川巡抚。

【注】见天启《成都府志》卷五十。

驷马桥

（明·李仙品）

升仙桥畔草萋萋，底事东游柱上题。

车马恒荣何足齿，千乘原自愧夷齐。

【作者】李仙品，字云卿，陕西高陵人。万历二十三年（1595）进士。

司马相如

（明·孙绪）

其一

一拂冰弦万古思，娉婷谁不愿齐眉。

可堪题柱荣归后，不似临邛初见时。

其二

淋漓醉墨洒桥梁，意气横空组绶长。

回顾文君通一笑，不将风韵学裴航。

【作者】孙绪（1474—1547），字诚甫，号沙溪。弘治十二年（1499）进士，官至吏部郎中、太仆卿。著有《沙溪集》《无用闲谈》。

【注】"淋漓醉墨洒桥梁，意气横空组绶长。"上句写题桥明誓，下句写理想得以实现。组绶，借指官爵。

驷马桥

（明·潘伯骢）

升仙桥畔乱飞尘，旧日题留江水新。

车马自过花自落，年年芳草送行人。

【作者】潘伯骢，生平不详。

【注】见天启《成都府志》卷五十。

驷马桥三首

（明·潘伯骢）

旧日沉沦事可怜，风尘原不识名贤。

丈夫自有青云志，岂为王孙驷马还。

又

桥柱如今景不殊，文章千载一鸿儒。

袖中谏猎真堪赏，封禅遗书故可无。

又

一策轩车满路尘，青槐大道望城关。

垆头犊鼻桥边柱，想象离奇磊落人。

【注】见天启《成都府志》卷五十。

驷马桥二首

（明·胡时）

年年车马过此桥，桥在人非昏复朝。

相如今日不复起，何人志气凌云霄。

又

几度送迎接芳躅，携壶契杯争相逐。

折梅逢使不计春，长啸一声山水绿。

【作者】胡时，福建永定人，曾任上杭训导。

题驷马桥

（明·王廷相）

泥涂沦下国，日华望皇闱。招延荷明主，游历际良时。

一登金马署，片言合天怀。卖赋黄金多，好新白头疑。

早以慕荣出，明托开边归。邑令且负弩，岂念故所私。

蚩蚩彼父老，望尘空尔为。里门不相下，驷牡何离离。

君子贵芳德，细夫欣盛仪。鄙哉当垆日，所酬今亦微。

营文道不足，饰位志乃迷。惜尔雀雉化，未测蛟龙辉。

【作者】王廷相（1474—1544），字子衡，号平厓，又号浚川，河南开封人。弘治十五年（1502）进士。博学好议论，以经术称。工诗文，与李梦阳、何景明等称"前七子"。著有《王氏家藏集》《内台集》《慎言》《雅述》等。

【注】诗人在驷马桥，将司马相如一生中的重要事迹一一写来，如献赋、开边、归乡等。诗末对司马相如身世的感叹——可惜世事变化，没有测出蛟龙的光辉。见天启《成都府志》卷五十。

散曲·盆池四榴莲蒂志喜（节选）

（明·杨廷和）

正德癸酉八月作

【梁州】这二子同声相应，这四榴同气相合。好消息花神也，参透些儿个。这的是难兄难弟，不负了如切如磋。想芙蓉城双双夺锦，驷马桥两两鸣珂。濯锦江又涨恩波，威凤山越显嵯峨。留耕庄大老婆婆，把教儿孙充了国课。把读诗书做了家火，快乐过活。寿乡福海安然坐，旧状元是小大哥。你弟兄每便须联步上鏊坡，休耍蹉跎。

【作者】杨廷和（1459—1529），字介夫，号石斋，四川新都人。历仕四朝，二朝首辅，为明代著名政治改革家，文学家杨慎之父。善书，笔法工整。著有《杨文忠公三录》《明宪宗实录》《大明会典》《杨廷和奏议》传世。

【注】驷马桥、濯锦江、威凤山，均为成都地名。

送杨仲立进士归省

（明·杨慎）

乡国同年十载遥，飞腾次第上云霄。

扶摇去息南溟翼，象纬回瞻北斗杓。

杨子谈经余旧阁，相如题柱有遗桥。

谁从驷马寻踪迹，自向玄言赏寂寥。

【作者】杨慎（1488—1559），字用修，号升庵，四川新都人。正德六年（1511）进士第一，谥"文宪"。以博洽冠一时之名，著述甚富。其诗清新绮缛，独掇六朝之秀，于明代自立门户。工词，涉笔瑰丽富赡，有沐兰浴芳、吐云含雪之妙。有《升庵全集》《升庵外集》、散曲集《陶情乐府》《廿一史弹词》。编有《百琲明珠》《词林全选》。词集《升庵长短句》。

【注】据《升庵全集》卷三十，杨升庵送同年杨仲立回乡探亲。诗中的信息表明，在杨慎的那个时代，成都仍有司马相如题柱的遗迹。

驷马桥小憩

（清·李调元）

秋阳如甑暂停车，驷马桥头唤泡茶。

怪道行人尽携藕，桥南无数白莲花。

【作者】李调元（1734—1803），字羹堂，又字赞庵、鹤洲，号雨村、墨庄，四川罗江人。乾隆二十八年（1763）进士。历官广东提学使、直隶通永兵备道。著有《童山诗文集》《雨村诗话》《蠢翁词》等。

【注】驷马桥附近，有古万岁池，清初因在池中广种莲花，俗称白莲池。在秋老虎正炽之时，李调元来到驷马桥，在桥头的茶摊停车小憩。一路上行人的菜篮子里装满莲藕，那是白莲池莲藕丰收的体现。

驷马桥送开制军之伊犁

（清·彭端淑）

河梁送别欲魂消，翘首伊犁万里遥。

正是秋风杨叶下，一行班马声萧萧。

【作者】彭端淑（1699—1779），字乐斋，号仪一，眉州丹棱（今四川丹棱）人。雍正癸丑（1733）进士，曾官广东肇罗道。后主讲成都锦江书院。年八十卒。与弟彭遵泗、彭肇洙以诗古文名蜀中，时号"三彭"。著有《白鹤堂集》。

【注】开制军，即开泰（？—1763），乌雅氏，满洲正黄旗人。雍正二年进士，改庶吉士，授编修。乾隆二十年，开泰由湖广总督改任四川，故称"制军"。乾隆二十八年（1763）秋，因处置川西大小金川事务不力，开泰被朝廷革职，远谪伊犁。此时，一般人恐避之不及，作为60多岁的致仕官员、锦江书院的主讲，彭端淑却无所畏

038

诗文成华 ╲

SHI
WEN
CHENG
HUA

惧。他来到在驷马桥亲自为开泰送行，并作这首《驷马桥送开制军之伊犁》诗道别，足见诗人的情感之真、胆量之大、胸怀之广。诗歌既直抒其情，又借景寓情，显得深沉有味。成都驷马桥，与长安灞桥一样，具有送别的文化意蕴。站在驷马桥头，为即将万里远行的你送别，我的心里黯然神伤。将别情融于秋风瑟瑟，车马萧萧的场面描写之中，意境自然浑融。其弟彭肇洙评论说："只写马声，而无限离情在言下，似龙标诸公。"龙标，指唐代王昌龄。杨世明的《巴蜀文学史》评此诗："情景相融，颇近唐调"，将惨离怅别之情，化作秋风瑟瑟、车马萧萧的景语，意境自然古朴。

题驷马桥

（清·张鹏翮）

在昔相如过此桥，扬扬意气凌青霄。

我今入座真天使，不数前驱驷马桥。

【作者】张鹏翮（1649—1725），字运青，又字宇宽，四川遂宁人。康熙九年（1670）进士，官至大学士，赠少保，谥文端。著有《张文端公集》。

【注】据民国年间成都人薛志泽的《益州书画录》记载，张鹏翮善诗工书，成都驷马桥碑记乃其遗墨，笔法苍古。康熙末年，成都驷马桥进行整修，竣工后特邀当时的吏部尚书张鹏翮撰写碑志并书丹。

驷马桥

（清·张翾骞）

献赋何人气蠡霄，高车胜事说前朝。

而今裘敝金兼尽，惭上相如驷马桥。

【作者】张翾骞，四川成都人，嘉庆二十四年（1819）举人。曾任石泉县（今四川北川）训导。

驷马桥

（清·李光绪）

平生性僻耽山水，剩典鹔鹴裘葛屐分。

行到溪桥说司马，笑他空醉卓文君。

【作者】李光绪，字裘堂，四川成都人，诸生。著有《红梨书屋集》。

【注】见同治《成都县志》卷十一。

升仙桥

（清·孙缵）

升仙桥小墨犹存，犬子荣归耀里门。

驷马岂能骄父老，酒垆何必怨王孙。

知音只爱蛾眉雅，荐士偏承狗监恩。

闻道携琴人已渺，远峰深似黛螺痕。

【作者】孙缵（1807—1830），字梦华，绵州（今四川绵阳）人，道光间廪生。工诗，诗风沉雄豪迈。道光十年（1830）卒，年仅二十三岁。有《梦华遗稿》。

驷马桥

（清·杨燮）

天朝气象万情摅，秦尚通夷况汉与。

冉笮更开千里道，华夷从此一家如。

雅闻天子索遗草，难见美人陪著书。

濯锦江边烟树合，慕君慕蔺两相于。

【作者】杨燮，字对山，号六对山人，四川成都人。乾隆时出生，嘉庆六年（1801）举人，曾官县教谕。能诗文，有《树茶轩存稿》。作于嘉庆八年（1803）的《锦城竹枝词》脍炙人口、流誉遐迩。

【注】站在驷马桥上，杨燮的视角与旁人不一样，他想到的是司马相如在通西南夷中的贡献，"冉笮更开千里道，华夷从此一家如"，诗人认为司马相如是国家统一和民族团结的功臣。

锦城竹枝词百首（其一）

〔清·杨燮〕

百花潭上一龟城，驷马桥头石路平。

虹见儿童齐拍手，夕阳画出雪峰明。

【注】从文字上看，清代的驷马桥为石桥，桥面平整。

司马题桥

〔清·李代亨〕

岂受王孙耻，登云自有梯。长安凭一往，桥柱此曾题。酒肆琴台别，书囊剑匣携。雄心期驷马，壮志吐虹霓。濯锦人应饯，生花笔暂提。墨痕春水外，鞭影夕阳西。献赋才何逸，还乡路不迷。升仙留胜迹，词客认红泥。

【作者】李代亨，字宜斋，绵州人（今四川绵阳）。道光五年（1825）拔贡。工诗，刊有《宜斋试帖诗》传世。

【注】清人李代亨来到驷马桥，此地仍留有古迹胜景，词人认得的还是"红泥小火炉"那般诗意的意境。

过驷马桥题诗

（清·易顺鼎）

武皇好武不好文，人奴牧竖皆纷纷。当时上林无狗监，汉家词赋谁凌云？相如落魄求凰操，独有文君赏才调。一别琴台酒市垆，终持使节灵关道。意气相知还慨慷，龙门史笔共轩昂。良禽择木古来有，吕尚奸周尹就汤。文园异日俱迟暮，放诞风流恐非故。白头凄断茂陵人，黄金却忆长门赋。富贵区区安足论，文君情胜汉家恩。高车驷马终何物，不及临邛一犊裈。

【作者】易顺鼎（1858—1920），字仲硕，一作中实、中硕，又字实甫，号眉伽，又号哭庵。易佩绅之子。光绪元年（1875）举人，曾官广东钦廉道。工诗，讲究属对工巧，用意新颖，与樊增祥并称"樊易"。著有《琴志楼编年诗集》《楚颂亭词》等。

驷马桥

（清·张邦伸）

我生不如安期生，东赴沧海骑长鲸。□又不如班定远，投戈万里清边城。终朝兀坐守章句，九天无路难请缨。骅骝不蒙伯乐顾，踘躇空向盐车鸣。淮阴小儿欺壮士，剑锋出火谁能平。长卿涤器临邛肆，目空四海作游戏。计取卓家百万钱，好壮平生冲举志。胸吞云梦气凌云，兴酣落笔信有神。升仙桥畔题桥柱，慷慨自许何嶙峋。一朝声名动帝阙，天子非常赐颜色。谕蜀重定西南夷，邛笮舟鹝劳建节。太守郊迎羽檄驰，县令负弩为前驱。桥头开宴献牛酒，王孙相见真欢娱。一时佣保声籍籍，认是当年沽酒客。腰间不着犊鼻裈，扬鞭果驾金椷轳。丈夫有志事竟成，坐看谈笑取公卿。君不见，买臣老作会稽守，归去锦衣还昼行。

【作者】张邦伸（1737—1803），字石臣，号云谷，汉州（今四川广汉）人。著有《全蜀诗汇》《唐诗正音》《绳乡纪略》《云栈纪程》《云谷文钞》《锦里新编》等。

驷马桥

（清·刘文麟）

辞赋凌云绝代无，汉家才子说相如。
高车驷马须史事，一纸长留封禅书。

【作者】刘文麟，字仁甫，号仙樵，奉天辽阳（今辽宁辽阳）人。道光戊戌（1838）进士，官沈丘知县。著有《仙樵诗钞》。

题驷马桥碑

（清·佚名）

凫旌已渺恨难留，父老扶犁望垄邱。
但得天从黎庶愿，一琴一鹤再来游。

044

诗文成华

SHI
WEN
CHENG
HUA

【注】原注云：邑令张人龙去任，民思念不止，有人题诗驷马桥碑上，末书"啸生"二字，不知何人也。

创甘露庵二首（其一）

（清·丈雪）

驷马桥西古益州，蚋蝇常被火云留。

偶来挑出龙团液，落口香如甘露瓯。

【作者】丈雪（1610—1695），法名通醉，号禹门，四川内江人，是明清之际临济禅宗大师，为有清一代昭觉诸名寺的开山祖师。著有《青松诗集》《里中行》《杂著文》《丈雪语录》十二卷《锦江禅灯》二十卷等。谭贞默居士在《丈雪语录序》云：丈雪大师"得天童正法眼，亲体承当，全身担荷，于雪居、禹门、静明、青莲、草堂、昭觉六刹开堂，拈出成都、汉中风景"。可见丈雪开堂说法，六坐道扬，影响盛于川陕黔，是清初饮誉西南的一代禅宗大师。郭沫若先生曾至成都昭觉寺作《昭觉题书》诗："一别蓉城卅二年，今年昭觉学逃禅。丈雪破山人已渺，几行遗墨见薪传。"于此亦可见丈雪对川西禅宗佛教影响之大之久。

竹枝词

（清·吴好山）

北走燕京路一条，当年题柱气冲霄。

谁人学得文君婿，驷马方过驷马桥。

【作者】吴好山（1797—1876），字云峰，四川彭县（今彭州）人。少壮曾游历四川、陕西、云南、湖北、湖南等地。四十岁时断绝求取功名之心，以著述自娱。著有《自娱集》《野人集》等。

驷马桥

〔清·徐文驹〕

题柱犹传汉武年，风回桥下水涓涓。

而今杨意都销尽，纵有相如枉自怜。

【作者】徐文驹（1723年前后在世），字子文，浙江鄞县人。康熙四十八年（1709）进士。著有《师经堂集》。

【注】作者原注云："予以庚寅闰七月望日至蜀……"由此可知，作者于康熙四十九年（1710）闰七月来到成都，途经驷马桥，写下此诗，发出了类似"千里马常有，而伯乐不常有"的感慨。

题赠昭觉寺明照和尚

〔清·释含澈〕

驷马桥头礼梵宫，潜光高敞白云中。

苾刍薝卜弥初地，香气芬芳满惠风。

【作者】释含澈（1824—1899），号雪堂，晚年号潜西居士，俗家姓支，四川新繁县（今四川新都）人。新繁龙藏寺住持。著有《绿天兰若诗集》《禅宗直指》《纱笼文选》《纱笼诗选》。

【注】梵宫，指佛寺。"驷马桥头礼梵宫"，指明驷马桥与昭觉寺的地理位置关系。

锦江竹枝词

（清·彭懋琪）

抱城十里绿荫长，半种芙蓉半种桑。

驷马桥边送客地，碧鸡坊外斗鸡场。

【作者】彭懋琪，字金沙，籍贯四川成都（一说合州），嘉庆十八年（1813）拔贡。诗风清丽，擅长律绝，著有《养云书屋诗集》（一说《金沙诗草》）。同治十二年（1873）《重修成都县志》收录其诗多首。

【注】常璩《华阳国志》载："城北十里有升仙桥，有送客观。"故，诗人有"驷马桥边送客地"之说。送君千里终须一别，这里也是历代成都人送客远行的去处。

竹枝词

（清·定晋岩樵叟）

驷马桥通万里桥，浣花溪畔水迢迢。

何人此日知怀古，借得游船乐一朝。

【作者】定晋岩樵叟，嘉庆年间人，寓居成都近二十年，著有《成都竹枝词》一百首。

驷马桥

（清·常纪）

未沾临邛酒，先过驷马桥。
如何卖赋后，忍听白头谣。

【作者】常纪，字铭勋，号理斋，奉天承德（今河北承德）人。乾隆丁丑（1757年）进士，曾官崇庆（今成都崇州）知州。因评判殉职，赠道衔。著有《爱吟草》。

【注】原诗题注：在成都北门外里许司马相如题桥处。白头谣，即《白头吟》。相传，司马相如飞黄腾达后，渐渐耽于逸乐，欲纳茂陵女为妾，卓文君作《白头吟》规劝。

成都道中杂诗之三己酉

（民国·杨沧白）

驷马桥西碧水漘，题桥人去草如茵。
相如空受功名缚，不解归耕对孺人。

【作者】杨沧白（1881—1942），名庶堪，号邠斋、天隐阁，四川巴县（今属重庆）人，中国近代民主革命家、政治家。学贯东西，其诗词、文章、书法、文物鉴赏，自成一家。著有《天隐阁诗集》《邠斋文存》及英文著作《译雅》。

侠庐索和韵六首（其一）

（民国·罗尚）

银汉微云似絮飘，夜山濡墨不能描。

万方秋色堆潘鬓，百劫诗情瘦沈腰。

上界神仙如可作，中年块垒未全消。

千金卖赋聊沽饮，无计还过驷马桥。

【作者】罗尚，字戎庵，1921年生，四川宜宾人。曾任《大华晚报》《中外杂志》古典诗专栏主编，著有《戎庵选集》《沧海明珠集》《戎庵诗存》等。

戊寅迎春曲之九

（当代·孔凡章）

弹指春光去复回，诗朋相约上琴台。

奇闻不少供茶话，好句无多着酒催。

驷马桥车朝北去，浣花溪水向东来。

风流千古当垆艳，此日文君店尚开。

【作者】孔凡章（1914—1999），字礼南，室名还斋。四川成都人。1934年入上海震旦大学就读。四川省围棋队主教练，女儿孔祥明是围棋国手。1982年迁居北京。1987年受聘为中央文史研究馆馆员，任馆中诗词组组长。有《回舟集》传世。

【注】"驷马桥车朝北去"，从古至今，驷马桥都是川陕大道的重要节点，有古驿站。

未秋杂诗（其二）

（民国·乔大壮）

论蜀才名落笔骄，垆边犊鼻久无憀。

伤心去卖长门赋，掩面来过驷马桥。

【作者】乔大壮（1892—1948），原名曾劬，字大壮，以字行，号波外居士。四川华阳（今属成都市）人，近代词人、篆刻家。

吴音子·和东山

（民国·乔大壮）

月子初弦，小舟似箭穿银浦。千顷白浪来时，飘摇听邪许。驷马题桥，雒阳行贾。意气钱刀，风卷细语。锦江路。　　花发处。丛祠远，木末沉箫鼓。群山连岸，子规声里片时雨。酒澹更深，翦镫裁句。水墨罗巾，何计赠与。

050

诗文成华＼

SHI
WEN
CHENG
HUA

齐天乐·寄怀柳溪成都（其三）

（民国·乔大壮）

蜀江千里芳菲路，斜阳下时春尽。废井喧蛙，闲庭戏蝶，佳节金盘樱笋。离觞快引。念游迹青萍，岁华朱槿。燕寝香销，绣屏风上布帆稳。　　长空烟雾自扫，故山无赖处，螺黛凝损。驷马新桥，飞鸾归阁，头白方充小隐。啼妆泪粉。换一曲琴丝，两三诗本。树杪鹃声，劝人归计准。

式如复和书感四诗匆匆叠均奉酬四首仍束药痴念希涵础琴湘诸诗老（其一）

（民国·郭风惠）

玉皇小吏堕尘初，归卧沧江意有余。
季子去秦裘敝矣，尼山返鲁玉藏诸。
美人顾影怜明镜，狂客回头读道书。
驷马高车载忧患，题桥笑煞马相如。

【作者】郭风惠（1898—1973），又名贵瑄，字麾霆，号堞庐、不息翁，河北河间人。中国近现代教育家、学者、诗人、艺术家。著有《风惠楼诗剩》《郭风惠书法选》《花鸟四屏》。

浪淘沙·司马长卿

（民国·彭光远）

题桥几蹰躇。驷马高车。意气凌云献子虚。当年不受王孙辱，终老蓬芦。　　病渴茂陵，儿女欷歔。篋中惟有封禅书。空劳天子求遗稿，经济何如。

【作者】彭光远，字凤和，长寿（今重庆长寿）人。光绪中举人，清季官咨议局议员，辛亥后为西充县知事。

驷马桥

（民国·郭延）

西汉文章两司马，长卿辞赋绝当时。

倘无狗监空归去，红药生桥没断碑。

【作者】郭延（1879—？），字季吾，一字季武，永宁（今四川叙永）人。1904年至1910年留学日本，1913年回川定居成都，1917年作《驷马桥》等诗，后采登《学衡》杂志。为蜀中大诗家赵熙和向楚弟子，与黄复生、吴玉章、周善培、马自庵、陶闿士等为同学，晚年在成都等地与蜀中名流诗酒唱和。四十年代初病故于西安，归葬成都。有《丹隐诗词存》两册。

【注】选自1923年第十五期《学衡》。

过驷马桥有感

（民国·耀光）

一曲求凰酒漫沽，美人何必怨当垆。

郎君自有凌云气，拈管题桥信丈夫。

【作者】耀光，生平不详。

【注】选自1926年第五期《广汉县旅省学会季刊》。

蜀中故迹八首（其一）

（民国·雪邨）

驷马桥

知名容易达闻难，卖赋长门得一官。

试看夕阳花影里，那分贵贱过桥端。

【作者】雪邨，生平不详。

【注】选自1932年第一卷第二十三期《尚志周刊》。

重过驷马桥

（民国·易君左）

瑟瑟秋风驷马桥，新都道坦讵云遥。

凤凰飞去修梧冷，锦里重来淡月高。

忽忆胜游曾试剑，未甘末路竟闻箫。

二千余载凌云笔，化作长虹绕白茅。

【作者】易君左（1899—1972），本名家钺，湖南汉寿人。易佩绅之孙，易顺鼎之子。家学渊源，才高资绝，成名早，享名久，成就高，被称为"三湘才子"。诗文书画，无不精工。著有《易君左自选集》《中国文学史》等六十余种。

【注】选自1940年第二卷第一期《新四川月刊》蓉郊集（二）。1938年秋，易君左奉其母之命，携眷由湘入川，至1945年春，写成诗歌总集《中兴集》，此为其壮年时期代表作。全集共录九百七十九首诗歌，包括《入川吟》《青城集》《峨嵋集》《蓉郊集》《黄桷集》《渝郊集》等部分，为抗战文学中的实录精品。

送川军出川抗日

（民国·陈建华）

他年驷马桥边路，士女争看破敌回。

耀日旌旗飘剑穗，临风鼙鼓响春雷。

轻尘雨浥朝迎辔，杂树花开夜点杯。

风度翩翩娴武略，勋名终古署云台。

【作者】陈建华，四川秀山（今重庆秀山）人，保定军校毕业。1937年8月，川军22集团军从成都出发，赶赴山西抗日前线。行前陈建华赋诗三首，为昔日军校同窗、22集团军中将高参刘莘园（1891—

1977）将军送行。刘莘园有《次韵奉和陈建华赠诗》三首，录其三：
"年虽五十惭衰朽，不斩楼兰不欲回。飘荡南天三尺剑，功名地北一
声雷。故人词翰情如海，美酒葡萄不计杯。何日黄龙真痛饮，策勋共
醉凤凰台。"

【注】此诗作于1937年8月。据《成都通史》民国卷记载，是年
8月，刘湘率川军十一个师，北出驷马桥出川抗日。

驷马桥

（民国·朱偰）

驷马当年事，小桥水自流。

青史几人在，白云万古浮。

风尘连蜀道，烟树接秦楼。

荣华何足贵，穷达共荒丘。

【作者】朱偰（1907—1968），浙江海盐人，中国著名经济学家
和历史学家。著有《金陵古迹名胜影集》《玄奘西游记》等。

【注】此诗作于1940年10月。大有"贤愚千载知谁是，满眼蓬
蒿共一丘"的感觉。

再过驷马桥

（民国·朱偰）

当年相如题柱去，驰骋欲致功名早。文章穷通亦有命，子云寂寞

君平老。王侯将相皆枯骨，骊山古树茂陵草。但使英名传百世，赤车驷马何足道。不见文君白头吟，琴台悲风尚浩浩。

【注】此诗作于1940年10月28日。"但使英名传百世，赤车驷马何足道"，能名垂青史，传之后世，一切物质上的追求都是浮云。

成都驷马桥南忆妻（1952年）

（当代·孙宇辉）

直北关山此路通，更连铁道骋西东。

路旁几日生春水，原野无边任晚风。

孤赏一年花事了，相思千里月明中。

梯天栈石到君处，不恨生涯似转蓬。

【作者】孙宇辉（1921—2003），曾任长春税务学院教授。见孙宇辉、孙晓辉《孙氏兄弟诗词集》，巴蜀书社2011年2月版。

驷马桥记

（清·刘心源）

蜀志云：郡城北十里有升仙桥，司马相如初入长安，题市门曰："不乘赤车驷马，不过女下。"桥名以此。成都知县山阴余元煜以碑属书刻之并为记曰：夫士之用世，庸惟赤车驷马哉？赤车驷马以为荣，国家所以不得士用也。当汉武疲于瓯粤、朝鲜、燕齐、

056

诗文成华、

SHI
WEN
CHENG
HUA

朔方，西通大秦，中外骚扰，赂遣赠送，万里相奉，方营宫苑，娱珍玩。力屈，则事盐铁算，车船羊马，入物补官，出货除皋，盖刌敝极矣。而长卿以凌云之才，猥与骞、蒙辈蚌边耗赋，其用世如此，则所谓赤车驷马，骄妻妾耳，无具也。予遭时不及长卿，而海内多事，则棘焉。过斯桥也，惴惴自省，毋宁长卿同诟乎？光绪二十四年三月朔日，成都府知府嘉鱼刘心源篆。

【作者】刘心源（1848—1915），湖北洪湖（时属嘉鱼县）人。谱名文申，考名崧毓，

▲ 驷马桥记 ［清］刘心源

字亚甫，号冰若，另号幼丹，自号龏叟，晚号龙江先生，清末民初著名金石学家、文字学家、书法家。与杨守敬、张裕钊被张之洞誉为湖北三大书法家。曾官成都知府，著作有《古文审》八卷、《乐石文述》四十卷、《吉金文述》二十卷、《凡海书》十卷。

昭觉寺诗词文

昭觉寺，位于成都市成华区青龙街道，素有"川西第一禅林"之称，在唐贞观年间（627—649）改为佛刹，名"建元寺"，宣宗时赐名"昭觉"。宋崇宁年间（1102—1106）佛果克勤（宋高宗赐号圆悟禅师）说法于寺。南宋绍兴初年，敕改昭觉为禅林。明崇祯十七年（1644）毁于兵火。清康熙二年（1663）重修。殿宇规模宏大，林木葱茏，为成都著名古刹之一。1983年，昭觉寺被国务院确定为汉族地区佛教全国重点寺院，是东亚、东南亚禅宗祖庭。

昭觉寺壁上诗偈

（唐·释休梦）

遍寻佛迹扣禅关，古殿清虚柏影间。
客爱登临来此景，僧谈兴废指断垣。
忽闻溪流广长舌，坐对青灯世虑闲。
他日功成重回首，翠竹黄花异尘环。

又

入门松柏挺枝干，久坐香风入画栏。
秋色已浓枫树静，原来山外别有山。

【作者】释休梦（827—907），唐末高僧，唐僖宗乾符四年（877）住持建元寺，他为僖宗说法，言峻机悟，启人思维，后奉旨改寺名"昭觉"，为昭觉寺首任方丈、蜀中弘扬曹洞宗第一人。

重修昭觉寺记（节选）

（宋·李畋）

……昭觉寺，成都福地，在震之隅。先是眉州司马董常宅，旧名建元，其缔构绍嗣之由，具萧相国邀碑悉之矣。唐乾符丁酉岁，为了觉大禅师宴居之所。禅师法号休梦，姓韩氏，京兆万年人。时宣宗兴复象教，乃应诏诵经，对御落采，配终南山之捧日寺。具大戒于律师神佑，悟般若于石霜庆诸，参法要于百丈怀海，契心印于洞山良价。初至洞山，洞山问："近离何处？"曰："湖南。"又问："途中还见异人否？"曰："若是异人，不涉途中。"价深器之。后领旨寓蜀，始立一大寺，辟甘露门。开堂日，僧问："净名大士，入不二法门，旨趣何如？"曰："山僧未敢举明。"又问："若是，即事理不分？"答云："扁舟已过洞庭湖。"凡言峻机悟，亦复如是。时剑南节度使崔公安潜奏改建元，敕赐今额，仍给紫衣一袭，式光宗教。未几，僖宗出狩，驻跸西州，召禅师说无上乘，若麟德殿故事。由是开沃圣虑，握干纲而不动；运输神力，回天步而高引。玉銮反正，而帝眷弥深，赐禅师紫磨衲衣三事，龙凤氍毹毯一榻，宝器盛辟支佛牙一函，布展义之泽也。越明年，王氏建节，制两川，于禅师申尊叔之礼，奏锡师号曰了觉大师。及王氏开国，而禅师灭度，享年八十一，僧腊五十一。门人洪福等建窣堵于当寺后庵，以令身归之。谥曰"真隐之塔"。尔后宗派传袭，真风炳然。……寺之胜迹，有僖宗幸蜀放随驾进士三榜题名记，陈大师塑六祖像，萧相国文建寺碑，会稽孙位画行道天王，浮丘先生松竹，张南本画水月观音，翰林待诏模昭觉寺额。俱经乱不亡，为唐故事。斯皆化感利舍护持之力也。

【作者】李畋，字谓卿，自号谷子，华阳（今四川成都）人，宋淳化三年（992）进士。官国子监说书、大理丞等职。

昭觉僧堂无尽灯记

〔宋·计有功〕

有法灯有世灯，法灯水乳相传，世灯膏火相续。昭觉云堂择法胜地，屋翼华焕，海众算集，人杰地灵。念念禅悦，夙兴夜寐，甚者几废寝食。由是佛龛斋堂，修廊后架，列炷明灯，其来斯久。膏苏不继，例遣堂僧分化远外，缘有易难，事生疲厌。或曰："为法灯来受世灯苦，办道志不坚。"左绵沂公，年德兼艾，累践纲维之职，历见是事，恻然悯之。弹指说誓，愿罄囊膏立长生库，举其赢息，永为膏火之资。俾我有众，专精进心，息经营力。金议允协，选择同袍掌其事，讲若画一。造始绍兴丁丑之元，以属庆嵩一禅，又求记于灌园居士。

居士曰："佛过去世密罗比丘因灯行乞，授记作佛，号曰然灯最后，次弥灯光如来净其旃迦等佛，皆施灯而证果。今求者施者，沂独以身任，岂自利耶？"士曰："沂非自利，亦非思念，今日在会法众而已。愿我同志，以无尽心，续无尽光，结无尽缘。俾人人获天眼第

060

诗文成华﹀

SHI
WEN
CHENG
HUA

一。"求文之意如此。赞叹而言曰：

夫舍家求道，身不可不辛勤，心不可不安逸。其辛勤也，山行水宿，虎狼为伍，使人以操修入道，其安逸也。不耕不织，百用具足，使人以惭愧入道。今也营营驰求，则固免矣；而乃优游卒岁，谓吾当然。此真惭愧也。众其勉之，吾意止此。若其发蒙破萌，珠交玉映，则有堂头缘公大法炬在，慎忽向灯影中行。赞曰：

以一灯传，千万亿灯，灯灯分别。以一心传，千万亿心，心心明彻。前念法灯若世灯，千身一舌。今据世灯悟法灯，一堂千月。几人亲到龙潭，当机直截。划断明头，暗头真灭。正照现前，天开日晃，此无尽灯，出无尽藏。

【作者】计有功，字敏夫，号灌园居士，临邛（今四川邛崃）人，一说安仁（今四川省大邑县安仁镇）人，进士，宋绍兴初知简州，二十八年（1158）知眉州，撰《唐诗纪事》传于今。

【注】此据《成都文类》卷四十。本文作于绍兴丁丑（1157）。昭觉僧堂，当为今昭觉寺。

游昭觉寺

（宋·范镇）

其一

唐寺传城北，春风引客游。

残碑横竹径，疏磬出僧楼。

塔古苔花积，房深只树幽。

漫嫌人寂寂，好与客勾留。

其二

炎蒸无处避，此地忽如寒。

松砌行无际，石房禅自安。

鸳鸯秋沼涨，蝙蝠晚庭宽。

登眺见田舍，衡茅半不完。

昭觉寺写真赞

（宋·范镇）

皤然一叟，鬓白眉秀。

群从在前，诸子在后。

壁间丹青，其传安久。

惟善嗣之，垂世不朽。

【注】宋扈仲荣《成都文类》卷四十八，《宋代蜀文辑存》卷九俱有记载。

昭觉寺

（宋·释文准）

高吟大笑意猖狂，潘阆骑驴出故乡。

惊起暮天沙上雁，海门斜去两三行。

【作者】释文准（1061—1115），号湛堂，宋代禅宗高僧。《五灯会元》卷十七有传。

偈

（宋·释克勤）

休夸四分罢楞严，按下云头彻底参。

莫学亮公亲马祖，还如德峤访龙潭。

七年往返游昭觉，三载翱翔上碧岩。

今日烦充第一座，百华丛里现优昙。

【作者】释克勤（1063—1135），宋代高僧。法名克勤。先后弘法于四川、湖北等地，晚年住持成都昭觉寺。声名卓著，皇帝多次召

▲ 圆悟克勤　见慧海佛教资源库

其问法，并赐紫衣和"佛果禅师"之号，后又赐号"圆悟"。见宋普济《五灯会元》卷十九。圆悟克勤墓在昭觉寺。

次昭觉圆老韵

（宋·王灼）

丈室曾窥金锡光，汾阳宗绪故应长。

不嫌俗子堪传授，更借余波到乐浪。

【作者】王灼（约1081—1160），字晦叔，号颐堂，南宋遂宁府（今四川遂宁）人。其著作现存《颐堂先生文集》和《碧鸡漫志》各五卷，《颐堂词》和《糖霜谱》各一卷。其成就巨大，被后人誉为宋代著名的科学家、文学家、音乐家。昭觉圆老：指圆悟克勤。

送澄师还昭觉

（宋·李石）

远出蒙霜雪，重来历岁时。

赠师拄杖子，似我簸箕儿。

芳草随西度，岩花向北垂。

莫忘香一瓣，沧海白鸥期。

十月过昭觉庭梅萧然已动人意因作二十八字

（宋·李焘）

厌逐游人药市行，暂来心迹喜双清。

疏风细雨荒庭菊，便觉梅花暗有情。

【作者】李焘（1115—1184），字仁甫，一字子真，号巽岩，四川眉山人。南宋官员、著名历史学家、目录学家、诗人。

饭昭觉寺抵暮乃归

（宋·陆游）

身堕黄尘每慨然，携儿萧散亦前缘。

聊凭方外巾盂净，一洗人间匕箸膻。

静院春风传浴鼓，画廊晚雨湿茶烟。

潜光寮里明窗下，借我消摇过十年。

【注】此诗乃淳熙三年（1176）二月作于成都。

访昭觉老

（宋·陆游）

久矣耆年罢送迎，喜闻革履下堂声。

游山笑我蓑直去，过夏怜君太瘦生。

庭际楠阴凝昼寂，墙头鹊语报秋晴。

功名已付诸贤了，长作闲人乐太平。

【注】此诗乃淳熙四年（1177）七月作于成都。宋时之昭觉寺，地僻郊外，楠木荫翳，即使白天也十分空寂。墙头鸦鹊数声，打破古刹宁静，预报着秋后的好天气。

旧在成都初春无事日访昭觉保福正法诸刹甚可乐也追怀慨然因赋长句

（宋·陆游）

忆在西川集宝坊，幅巾萧散日初长。

伊蒲塞馔分香积，优钵罗花散道场。

客路逢春增感慨，旧游回首已微凉。

新晴强作寻幽计，有底文书作许忙。

【注】此诗乃淳熙七年（1180）正月作于江西抚州。昭觉，即昭觉寺。保福，即保福寺。据民国《华阳县志》卷三十《古迹四》，保福寺乃大慈寺九十六院之一。正法，即正法寺。据《嘉庆四川通志》卷三十八《舆地志·寺观》记载，正法寺在成都县西一里。"新晴强作寻幽计"句中的"强"，与"为赋新词强说愁"中的"强"，虽语意相似，但心中的慨叹却大不同矣。

▲ 昭觉寺全图　该石刻现藏于昭觉寺

人日饮昭觉

（宋·陆游）

天涯羁旅逢人日，病起消摇集宝坊。

雪水初融锦江涨，梅花半落绿苔香。

家山松桂年年长，幕府文书日日忙。

自笑余生有几许，一庵借与得深藏。

【注】残宋本目录，《永乐大典》卷三千一引作《人日饭昭觉》。

昭觉寺宴席送圣从察院还朝序

（宋·张俞）

谏以救君上之失，法以绳臣下之非，惟庶政治乱，小人奸邪，可言可察，可诛可劝。

　　朝廷大本万务之纲系于二司，得人为重。圣从为监察御史，九月上言母老在蜀，诏归宁，既至，即授谏官。夏五月十五日去蜀还朝，有群丞天水赵希仁、清河张子立，大集宾客，出钱于昭觉寺。日夕饮酣，俞言曰："圣从孝友纯深，寡言善闭，炳文酿学，储蕴其用，则人固知之。今乃自外遽为谏官，斯必有矢谟正言合于大义，是以天子悦而进之，则人固不得而知之。"众曰："然。"又言："谏官寂寞久矣，皆用口舌蜩螗细碎，无益于治，徒使天下不安其生。圣从尝学古道，当引大体，慷慨谏争，不吐不茹，折奸殖良，则君尊而臣安，道行而法立，海内处士安有预议于其间哉？"主人举觞属而贺曰："斯言也，固为行人之事，其可辞哉！其可辞哉！"

　　【作者】张俞，生卒无考。北宋文学家，字少愚，又字才叔，号白云先生，益州郫（今成都市郫都区）人。文彦博治蜀，为其筑室青城山白云溪。著有《白云集》，已佚。

昭觉寺

（明·陈琏）

昭觉招提夙见称，公余来访自晨兴。
拟寻野老询禾稼，偶遇山僧话葛藤。
流水过桥清一派，好山环户翠千层。
西风落日频回首，仪凤山前是献陵。

068

诗文成华
SHI
WEN
CHENG
HUA

【作者】陈琏（1370—1454），字廷器，别号琴轩，广东东莞人。洪武二十三年（1390）举人，入国子监，选为桂林教授。严条约，以身作则。永乐间任四川按察使，豪吏奸胥，悉加严惩。博通经史，以文学知名于时，文词典重，著作最多，词翰清雅。著有《罗浮志》《琴轩集》《归田稿》等。

【注】招提，指寺院。

游昭觉寺归途偶成三首

（明·苏葵）

其一

万个琅玕一径幽，禅房清绝四时秋。

聊从石上三生话，偶作尘中半日游。

不计赢输棋信手，拼教酩酊酒添筹。

肩舆兀兀归来晚，稚子拦街笑醉侯。

其二

偶过山寺访支公，千树松涛落午舂。

露草未凋沿涧碧，霜枫新染隔林红。

香烟袅袅来翔鹤，钵水清清隐伏龙。

诗兴有余尊酒尽，强挥归袂入城中。

其三

寻僧十里出郊垌，才到招提便觉清。

露竹受风迎客舞，山花经雨向人明。

大瓢吸酒嶙峋兴，小院敲棋剥啄声。

天际轻阴非日暮，从容更了乐游情。

【作者】苏葵（1450—1509），字伯诚，别号虚斋，广东顺德人。明宪宗成化二十三年（1487）进士。选庶吉士，授编修，官至福建布政使。著有《吹剑集》。清道光《广东通志》卷二百七十六有传。

将过新都秋晓同卫渑川东行

（明·陆深）

昭觉钟声隔幔闻，笋舆十里度秋云。

山家岁计占农事，客子年光付吏文。

岐路软红随马去，远山晴翠过江分。

联珠倚玉多佳致，此日同行赖有君。

送客过昭觉寺

（明·陆深）

霜日江云杳霭间，聊凭酒力驻颓颜。

一冬天气常嫌热，几度郊行暂借闲。

世上无情惟白发，人间有福是青山。

山僧更住青山里，翻罢楞严独闭关。

癸卯春辟昭觉

（清·丈雪）

吾蜀古称七佛地，何缘幸此率危疆。
杖藜每恨归来晚，旋且诛茅以暂藏。

【注】原注：康熙二年（1663）作。五十三岁的丈雪来到昭觉寺的时候，见到的是一片破败，只能割茅草搭茅舍以暂住。

感怀

（清·丈雪）

甘龄今复见华阳，载路荒榛覆古梁。
小径淡分烟树影，幽岩初醒月华香。
惊人野鸟咸歌啸，科首残黎牧大荒。
目极天涯无点翳，暂抛汗雨洒危疆。

【注】康熙二年，丈雪瞻礼圆悟祖墓，见昭觉寺一片废墟，不觉动情地吟诗。甘，疑为廿。

秋日吟

（清·丈雪）

一住驷马桥，两见溪草郁。

信知上界云，原出自幽谷。

拨雾听秋风，倚藤看修竹。

婆娑树叶边，蟾影吸秋露。

聚沙亭

（清·丈雪）

镇日风和太古弦，声前常见万峰攒；

沙浮水面人初集，雨洗芙蓉露未干。

径引小桥天上下，亭高半月锁琅玕；

呼童漫把霜花叶，瀹茗炊成诗一联。

▲ 丈雪墨迹

【注】聚沙亭在昭觉寺南三里聚沙桥侧，明蜀藩建。

再住昭觉为懒和尚并同门话旧

（清·佛冤）

春风一棹别江城，转觉翻思数载情。

勤祖塔前重露布，相如桥上更来行。

村墟不异莺花坞，砌下常留霁月衡。

故旧坐吟书榻上，关关不住是流莺。

【作者】佛冤（1626—？），俗姓李，名彻纲，号佛冤，四川内江人。礼丈雪通醉出家。昭觉寺清代中兴第二代方丈，有《佛冤禅师语录》十二卷行世。

建南王道台过昭觉玩芍药留题赋和

（清·佛冤）

药园千本每凭栏，占断东风兴未残。

巧琢瑶台浑越俗，清含珠馆果应宽。

冰容云湿筛金粉，素艳烟消篆玉团。

好是仙源无减却，将心何必觅心安。

紫荆王老先生过昭觉惠诗绫即韵以酬

（清·佛冤）

门对堪图远近山，情江下有几回还。

小桥落影寒浸骨，玉露粘天冷照颜。

雨过朝游忙拾翠，珠投夜梦急窥斑。

藤萝不削非僧懒，鹫岭传来地脉闲。

【注】以上见《佛冤禅师语录》。

昭觉寺

（清·玄烨）

入门不见寺，十里听松风。

香气飘金界，清阴带碧空。

霜皮僧腊老，天籁梵声通。

咫尺蓬莱树，春光共郁葱。

【作者】玄烨（1654—1722），清圣祖仁皇帝爱新觉罗·玄烨。康熙皇帝是中国统一的多民族国家的捍卫者，奠定了清朝兴盛的根基，开创出康乾盛世的局面，被后世学者尊为千古一帝。

【注】康熙四十一年（1702），清圣祖玄烨御赐昭觉寺第三代方丈竹峰真续《般若波罗蜜多心经》《药师经》《金刚经》各一部，并五律一首。竹峰建御书楼藏之。

御书楼

（清·竹峰）

危楼高紫极，陟彼旷怀生。

目纵天涯远，心含太古清。

香云凝野翠，月影映江明。

静睹天颜袭，嵩呼万万声。

【作者】竹峰（1660—1739），松州（四川松潘）人，1702年住持昭觉寺,清代昭觉寺第三代方丈。有《昭觉竹峰续禅师语录》六卷,收录于《嘉兴藏》。

七言杂诗（选二）

（清·竹峰）

我家门住北隅东,十指焚檀祝圣容。
四海九州歌大有,山间林下乐尧风。

又

威凤高栖第一峰,不分平地与西东。
薄酬亲拈莲池上,谩道逢人露晓风。

哭昭觉师翁

（清·竹峰）

倏忽宾鸿报讣来,潘江两岸鸟啼哀。
津梁法海倾颓已,济道寥寥孰可裁。

春日晚眺

（清·竹峰）

柳拂依依绕寺门,梨花夹蝶染苔痕。
日斜风迅闻鸦噪,见得孤幡过远村。

郭镇戎过昭觉坐叙眉景

（清·竹峰）

山南山北寺，灯火几萧条。

杰阁无炎暑，危溪有石桥。

云寒飞峻岭，鸟倦上松梢。

纵有登高兴，相看去不遥。

【注】以上见《昭觉竹峰续禅师语录》。

口占

（清·福康安）

话别诗僧携手行，谈心何暇计归程。

忽闻桥畔泉鸣处，疑是溪边虎啸声。

【作者】福康安（1754—1796），富察氏，字瑶林，号敬斋，满洲镶黄旗人，清乾隆年间名将、大臣。大学士傅恒第三子、孝贤纯皇后之侄。曾任四川总督，官至武英殿大学士兼军机大臣。

【注】原注："昭觉道魁和尚，大乘禅宗也，工诗。余暇即往唱酬。临别依依，携手偕行，忘路远近。忽闻桥畔泉声潺潺，时已去寺三里许矣。余曰，此亦虎溪也！相与大笑而别。归途口占俚言，录呈一粲。"道魁（1726—1799），号了元，湖北黄陂人，清代昭觉寺中兴以来的第五代方丈。

076

诗文成华 \
SHI
WEN
CHENG
HUA

留别丈老人

（清·张德地）

风雨当年几度秋，草瓢蒲衲坐荒丘。

欣怀杖锡开山愿，解佩庄严法界幽。

引众出坡成净土，劳人是日放云游。

素心淡淡堪离别，犹冀重逢踏岸头。

【作者】 张德地（？—1683），初名刘格，汉军镶蓝旗人，康熙年间，两授四川巡抚。为官二三十年，为地方利弊上奏直言，建议招民开垦四川荒地，按招民、垦荒多少考升官吏，被采纳，是清初四川战后重建的执行者和"湖广填四川"的倡导者。

【注】 丈老人，即丈雪通醉。

寄昭觉寺

（清·李翀霄）

闲想白云外，了然清净僧。

松门山半寺，夜雨佛前灯。

此境可长住，浮生自不能。

一从方丈别，瀑布几成冰。

【作者】 李翀霄，字息六，山西绛州（今山西新绛）人，明末拔贡，康熙初年任四川按察使。他详查积案，"使兵燹之后，株连系狱者三百人平反”。

游昭觉寺

（清·熊梦鹤）

菊残竹翠谢深秋，大士接人在杖头。

愿献衣珠从手出，不闻花雨自天周。

且依云卧传清梵，试取龙降老比邱。

莫谓经年无所事，偷闲人定远缁流。

【作者】熊梦鹤，湖广拔贡，曾任夔州、成都知府。

游昭觉寺

（清·魏裔鲁）

草堂留胜概，藜杖入僧龛。

闲睡双林树，贪参五味函。

采恩巢紫燕，贝叶冒青蝉。

悟澈浑无事，钵昙象外探。

【作者】魏裔鲁，字竞甫，号曦庵，直隶柏乡（今河北柏乡）人。清贡生，历官山东盐运使。

宿昭觉寺

（清·王燧）

僧窗夜雨话前朝，衰老谁知意气销。

元亮归来依慧远，少游客久遇参寥。

荒烟乱后居民尽，古寺钟残旅梦遥。

阅罢沧桑伤往事，一枝何处寄鹪鹩。

【作者】王燧（？—1783），江苏如皋人。曾任浙江杭州府知府，后擢升杭嘉湖道台，为朝议大夫。

游昭觉寺

（清·沈维垣）

因知爨下惜琴烧，欲与逃禅蹑碧霄。

为访袁安高卧处，且寻晦老混村樵。

天花散尽堆梅色，玉垒妆成腻粉娇。

闻道招提消万籁，于今立雪共推敲。

【作者】沈维垣，辽东人，荫生。康熙年间曾任达州知州。

游昭觉寺

（清·戴宏烈）

青松翠柏暮云平，紫气遥从梵刹生。

宿莽烟笼寻古迹，寒泉月映薄时名。

已知少室三花秀，更比曹溪一滴清。

经过每劳薇蕨供，尘谭应不厌逢迎。

【作者】戴宏烈，字山民，号镫岩，安徽相城人顺治八年（1651）举人，授成都知县。著有《朗珀斋集》。

出游昭觉寺后园望回龙岭威凤诸山循白莲池而旋

（清·黄云鹄）

何俟高寻洞壑幽，人间梵宇任夷犹。

本非佞佛聊栖净，纵不成真免逐流。

地气冲和春隐约，天容开霁我嬉游。

八荒无事三阶泰，臣愿长为酒国侯。

【作者】黄云鹄（1819—1898），字翔云，湖北蕲春人，为北宋黄庭坚第十七世孙，近代国学大师黄侃之父。咸丰三年（1853）进士出身，官至清廷二品大员，任雅州太守、四川盐茶道、成都知府、四川按察使等职。为人执法严正，不畏强暴，提倡"王子犯法与庶民同罪"，有"黄青天"之美誉。为清咸丰、同治、光绪年间著名的经学家、文学家、书法家。

游昭觉寺

（清·黄云鹄）

冻雨阴云忽放晴，寻诗林里杖藜行。
回龙岭上烟痕淡，威凤山前夕烧横。
得暇咏犹良是福，忧时劳瘁竟何成。
莲池十顷霜天水，万古千秋鉴此情。

【注】回龙岭、威凤山、白莲池，今名犹存。

秋日重游昭觉寺口占一律

（清·黄云鹄）

诗僧相伴兴弥幽，绝好招提足咏犹。
蜀部烟云看欲遍，锦江风月去如流。
十年四度寻春梦，两载重来话旧游。
冬暖霜蕰迎我笑，吟成得酒胜封侯。

五游昭觉寺叠重游韵

（清·黄云鹄）

何用穷山蹑险幽，锦官城外足夷犹。

云岚四面参差合，水道千渠自在流。
昨向宝光寻旧侣，今来昭觉续前游。
尘缘洗尽心安暇，忘却人间万户侯。

游昭觉寺和放翁原韵

（清·黄云鹄）

漫矜姓字勒燕然，伟代高文总幻缘。
壮岁尚思餐沆瀣，耆龄何忍逐腥膻。
西山日射千秋雪，北郭云连万灶烟。
尽许潜光寮住下，锦江游衍又经年。

初来昭觉寺

（清·释归一）

昭觉古兰若，拓基亦已久。驷马带其前，威凤拥其后。
青龙护其左，羊鹿峙其右。古柏郁森森，青巷绝尘垢。
幽林绕清溪，平田接高阜。地灵人亦杰，丛林此枢纽。
叩法千里来，发心五戒受。狮座闻妙言，七情空万有。
趺坐究禅机，静中参可否。面壁日孜孜，期以立不朽。
何用效愚蜂，只自钻窗牖。顶礼尊者前，庶几吾有守。

【作者】释归一，昭觉寺第九代方丈，法号真道。圆寂于同治六
年（1867）。工诗，有《涅盘堂》《说法堂》等传世。

游昭觉寺次何麓生廉访韵四首（之一）

（清·释含澈）

消暑选初地，清凉佳趣多。

相如题驷马，弥勒笑群魔。

不二此中入，大千今再过。

潜光蒲榻上，花雨仰头陀。

【作者】释含澈，与李炳灵（？—1919后）合编《国朝蜀诗续抄》。

宿昭觉寺

（清·释含澈）

潜光寮里赋重游，荏苒年华又二秋。

水部诗才追李杜，涪翁书法驾颜欧。

疏离香晚花弥盛，初地云开月更幽。

记取旧时消夏日，临风高倚藏经楼。

恭纪一律

（清·释含澈）

藏经楼倚御书楼，天雨天花灿益州。

龙象神通昭四裔，精严法界著千秋。

旃檀香里卿云护，薝卜林中梦日留。

真隐家风真觉嗣，应从初地话阎浮。

【注】光绪九年（1883），光绪皇帝御赐昭觉寺"龙象神通"匾额，此为四川新繁龙藏寺住持含澈瞻仰御书匾额后题诗。

竹枝词

（清·吴好山）

年年腊月兴无涯，问定开旗往佛家。

昭觉寺中看野鹿，归来帕里裹锅巴。

【注】相传，成都昭觉寺日食稻米千斤，厨僧造饭，潜心加工锅巴。炸得金黄酥脆的和尚锅巴，放上白糖、芝麻面或花椒面、炒过的盐巴，颇有名气，客人称之为昭觉寺的椒盐锅巴。

之任届省宿昭觉寺

（清·金儁）

旌节秋林日乍西，松阴依映古招提。

池开清影凝双碧，门扃间云寄七迷。

襦绔有怀迟问俗，桑麻无恙近崖栖。

简书不作伽黎梦，明月邀予过虎溪。

【作者】金儁，奉天辽阳（今辽宁辽阳）人，康熙八年至十八年（1669—1679）任四川布政使。

七月十三日游昭觉寺是日甚热

（清·李调元）

长林云气郁苍苍，六十年来始徜徉。

十顷稻黄金布地，万竿竹紫铁为枪。

僧房真个如冰冷，官路居然似火汤。

圆悟禅师今不见，谁将六祖塑中堂。

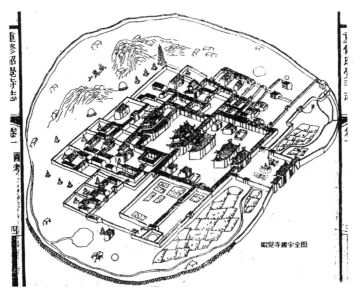

▲ 昭觉寺殿宇全图　［清］释中悢、罗用霖修《重修昭觉寺志》卷一，光绪二十二年刻本

戊戌人日游昭觉寺

〔清·王春绶〕

平畴莽空阔，行行逾林薮。村落径萦纡，再折转而右。深翠露红墙，绀宇拓数亩。萧然松竹间，僧迎来八九。引我启仙都，遗址古时有。侧闻建自唐，乾符岁丁酉。重修朔康熙，清俸捐某某。昭觉字焕然，佳哉贤太守。佛阁辟东隅，庄严尚朱户。是为方丈居，曲栏通廊庑。杂花满院香，似欲媚庵主。窗前列九华，怪石玲珑补。中开半月池，游鳞悉可数。元黄积百头，大者寸有五。鱼乐悟庄言，逐队尽为伍。一磬座中落，冷然心太古。默默手自扪，何如听官鼓。游宴非同心，雅不如独坐。盘餐必肉食，甘不如饭颗。游倦腹已枵，筵开就廊左。食谱偶翻新，气味除烟火。太嚼涎欲流，狂言无不可。禅理吾未知，禅机吾尚颇。为问谈禅人，入门可有我。徘徊重徘徊，斜阳上林杪。长啸归去来，徐步度芳沼。一亭矗中央，虹镜分流绕。殿外列僧寮，无声静而悄。岂缘境趣佳，都为尘根扫。彼髡自闲闲，顾我徒扰扰。

【作者】 王春绶，名庭兰，河南固始人，道光五年（1825）充湖南副考官，何绍基、胡林翼为其所取士。

【注】 此诗作于道光十八年（1838）人日，王春绶时任四川成绵龙茂道道员。何绍基撰杜甫草堂名联"锦水春风公占却，草堂人日我归来"，想必也受其老师人日郊游的影响吧。

戊戌人日游昭觉寺

（清·尹佩珩）

入我门来笑我痴，果然昭觉觉先知。

云浮荏苒怀归思，鱼乐徜徉悟息机。

幸附高朋临胜境，敢辞小草和新诗。

良辰更喜今朝霁，又用平康肇在兹。

【作者】尹佩珩，字玉山，号实夫，云南蒙自人，尹壮图之子。嘉庆十六年（1811）进士，曾任四川观察使。

戊戌人日游昭觉寺

（清·周贻徽）

一

联辔出城郭，万山来马前。

东风吹面暖，晓色助春鲜。

鸟啭听歌远，鱼闲知梦圆。

更饶清趣在，照影水沦涟。

二

大幻谁曾觉，岿然古刹存。

基仍唐代旧，礼肃梵王尊。

幡动心原静，香残鼎自温。

禅宗余颇悦，或许入斯门。

【作者】周贻徽（1790？—？），字蔼余，又字霭如，广西临桂（今广西桂林临桂区）。嘉庆二十二年（1817）进士，曾任四川盐茶道。

戊戌人日游昭觉寺

（清·张日晸）

入蜀九年迷簿领，黄尘官道苦驰骋。道旁佳气何郁葱，寺隐深林浮塔影。宣华旧苑久灰劫，了觉遭场留净境。一度经过一延望，游踪怅隔禅关冷。闲身偷得早春天，追陪胜侣真前缘。华轸相接征镳联，平郊十里路如弦。余寒料峭破清晓，旭景初升晴杲杲。碧林疏处绀宇出，入门便觉尘根扫。空王宝地夸庄严，游客遐心耽窈窕。幽径斜从丈室通，小池曲与回廊抱。开颜索笑有花木，忘形杂坐亲鱼鸟。钵盂持来洗腥膻，不惜斋厨供草草。林泉竟日憺忘归，竹韵松风皆觉道。暮色苍然烟漠漠，仆夫整驾趋城郭。士女骈阗夹道观，熙熙意与吾同乐。回头惟见碧云深，隐隐疏钟出林薄。

【作者】张日晸（1791—1850），本名日暄，字东升，号晓胆、默庵，晚号松庐，贵州清镇人。清嘉庆十五年（1810）举人，二十三年（1818）进士。著有《庶常集》《编修集》。

【注】道光十八年（1838）正月十日，时任成都府知府的张日晸与苏廷玉、尹佩珩等八人雅集游昭觉寺。

088

诗文成华

SHI
WEN
CHENG
HUA

偶憩昭觉寺

（清·郑际会）

锦城郭外境偏幽，古道招提此地留。

禾黍离离栖旧陌，云山杳杳豁新眸。

闲从金粟参三昧，笑指天花落十洲。

半日浮生偷一话，熏风随尘散林邱。

【作者】郑际会，安徽滁州人，雍正年间曾任四川郫县知县。

【注】"锦城郭外境偏幽，古道招提此地留"。清季，在成都北郊外一个幽静的地方，古道穿越，古寺长留。

昭觉寺

（清·吴省钦）

春鸟呼春人，咺咺北门郭。言期石斛山，风烟浩难识。菶菶荠麦妍，暖暖桑柘殖。虽然冬雨枯，溅流满沟洫。丹垣祇树林，迤逦望何极。马蹄随白云，汗漫舍轻策。炉烟荡经幡，现身百千亿。危标切霄汉，龙藏映奎壁。今时布金黄，往日劫灰黑。管营李鹞子，惨裂佐屠伯。掀髯语破山，有肉好同吃。吃肉拯众生，苦修感帝释。俾与双桂堂，开宗冠巴焚。禅关枕官道，焚礼逝如织。莲花妙庄严，人天眩雕饰。幽幽苔径斜，冷翠湿杉柏。野僧长净名，云山染衣色。苍然对眉宇，万象悟渊默。打钟坐蒲团，此岂假魔力。一扫酸馅肠，归尘影将夕。

【作者】吴省钦（1730—1803），江苏南汇人，字冲之，号白华。乾隆二十八年（1763）进士，授编修，历四川、湖北、浙江学政，官至左都御史。著有《白华初稿》。

赠昭觉寺

（清·董明命）

昭觉闷灵异，盘旋奠井躔。法王亦受累，劫灰乃复然。宜为龙象窟，遂果卓锡缘。凿翠构蜃楼，扫云播芝田。訇鼍悟六道，清梵闻四天。饭僧千百众，龙自供其涎。树神说法深，万木罗葱芊。承家伊云说，沩仰范昔贤。造端乘愿力，卒业惟精坚。贞干尽若人，区界奚崩骞。

【作者】董明命，清初人，官至永宁镇兵备道、分巡松茂道。

长松行

（清·张象华）

长松回列骊桥东，四时瑟瑟多秋风。初疑银河淡高树，岂有流波过碧空。青玉为枝珀作骨，山陵呵护无樵伐。有时幻化苍虬龙，飞入前江饮江月。松下大师称丈雪，饼食松花酿松节。庄严妙胜敞琳宫，一笑拈花无可说。

【作者】张象华，清初人，著有《哀蜀藩》。

【注】从全诗看出，清初驷马桥以东的树木参天、长松回列。

游昭觉寺

（清·邬天格）

　　借骑频出郭，为爱禅林乐。揽辔顾踟蹰，神往难捡束。人指东北隅，新宇古昭觉。离离见松阴，早日覆墙角。云昔全盛年，深林发清铎。近为楚人多，根尽罕余木。风过未闻声，云归无住脚。斧斤不以时，斩刈愈献虐。惟有僧舍傍，根株仅交错。寺中有老人，初弗厌离索。俗远心事闲，情断识尤卓。随宜自种蔬，徒亦群出牧。辛苦数十年，庙貌渐高廓。廊回拱雪堂，殿耸栖霞阁。案头香缕烟，片片透珠箔。壁间风雨竹，翛翛解泥鳛。祥麟腾法座，威风入帘幞。宝幢吼狮子，琅函谈孔雀。池德龙潜听，心慈鸟飞薄。空中化雨声，应逐天花落。

【作者】邬天格，生平不详。

【注】"人指东北隅，新宇古昭觉"，此句点明昭觉寺的地理位置，以及重修后的新气象。

宿昭觉寺

（清·吕潜）

江左兴怀四十年，揖公白发草堂前。

金戈屡见愁荒棘，绀殿巍然立野烟。

手植尺藤今作杖，句题片石早成编。

为怜归客时招隐，拟向池头种白莲。

【作者】吕潜（1621—1706），字孔昭，号半隐，晚号石山农，四川遂宁人明末清初著名书画家。

游昭觉寺和钟棣香韵

（清·杨准）

偷闲寻乐趣，结伴春郊行。佛国酬初度，厨齐饯远征。

百年能几会，一室萃群英。更有钟期遇，来听琴外声。

夹道柏成林，晴云瑷薱深。三生寻旧迹，一勺涤尘心。

宸翰神通赐，危楼天使临。燃灯稽首拜，乞佛度金针。

茫茫人海际，虔访闭关僧。妙谛传西域，能书法右军。

马牛俱解脱，鸡犬欲飞升。我早师禅戒，何时觉岸登。

未种菩提果，偏成苦海人。冠裳空误我，香火认前因。

攘攘蝇头利，劳劳马足尘。来同方丈约，一衲了今身。

【作者】杨准，生平不详。

冬夜宿昭觉寺

（清·杨炳锃）

万木莽萧萧，禅关夜寂寥。

蒲牢殷客枕，梵呗入云霄。

煨芋温存火，谈诗话饮瓢。

暂将僧榻借，一梦远尘嚣。

【作者】杨炳锃，字春樵，邓川（今属云南洱源）人。道光十八年（1838）进士，官至甘凉道台。著有《怡云山馆诗集》。

晚宿昭觉寺

（清·杨炳锃）

逐鸟投林晚磬圆，巡檐蝙蝠已翩翩。

诸天梵呗宣潮汐，竟夜松声杂管弦。

借榻暂将尘梦断，逃禅欲学佛心坚。

闲身悟得空空诀，为洗心源再煮泉。

昭觉寺早起

（清·杨炳锃）

浑忘睡味近禅机，欲觉晨钟绕阁飞。

百样鸟声清到耳，万竿竹翠冷侵衣。

木犀坠露香仍好，金菊欺霜萼已肥。

自笑此身多宿骨，风尘何日脱衔靮。

昭觉晚钟

（清·向熙敏）

入门十里听松风，鲸吼诸天月向空。

好是金绳开觉路，发人深省数声中。

【作者】向熙敏，字雨帆，四川成都人。己酉科举人。工书善诗，有遗诗二卷。见《益州书画录》。

【注】康熙帝有"入门不见寺，十里听松风"诗句。

普同塔

（清·徐光耀）

塔影巍峨古刹前，丛林深处锁云烟；

七层宝色迷幽径，一道金光绕碧天。

共说精灵登极乐，从来彼岸本无边；

漫研都幻归真境，解脱轮回了大千。

【作者】徐光耀，生平不详。

【注】普同塔，昭觉寺中建筑，高约三丈，共七级，中嵌空玲珑，极工巧崇丽。

诣昭觉寺

〔清·郎新秩〕

春风策蹇度祇园，野径苍松别一天。

圆悟道场年五百，破山法嗣振三千。

慈云片片飞青嶂，墨雨飘飘点白莲。

此日相逢烟雨下，宿缘有愿共君先。

【作者】郎新秩，号于砚，字子刚，四川丰都（今重庆丰都）人。明末贡生，曾任江南徐州知府。康熙初年（约1663）入徐州署掌管钱粮，理财有方，半年民困大减，去日送者相聚于道。

昭觉寺偶占

〔清·董煜〕

蜀天成幻相，古灵回行脚。开山旧宝林，不离亦不着。

慧悟风动幡，圆光月临箔。劈芥内人天，龙象贯目索。

陪客话田麻，掷拂蹑稷扆。超言禅味中，那复语言缚。

【作者】董煜，字孔昭，浙江海宁人，顺治十六年（1659）进士，康熙年间，官四川金堂知县，任职期间重修县学，亲课农桑，捐俸修文庙、缮城池，与百姓如家人父子。正值年轻有为之时突然病卒，人皆惋惜。

寄昭觉寺

（清·张士羲）

远公还锡日，群法视皈依。

峨月千江满，钵云万壑飞。

有灯空浩劫，无字落玄徽。

话到忘言处，天花点客衣。

【作者】张士羲（？—1854），江苏江宁人。咸丰四年（1854）二月，在金陵城与太平军作战而死。事迹见《清史稿》卷四百九十三《张继庚传》。

中秋宿昭觉寺

（清·胡肇明）

年来松宇最清奇，为托蟾光色不移。

雁过影寒惊落叶，茶香风暖醉东篱。

蓉城剑客悲秋晚，菊径幽人忆昔时。

何日重归容驷马，长霞邀饮赋新诗。

【作者】胡肇明，清代贡生。辑有《昭觉禅寺志略》一卷，光绪间有刻本。

游昭觉寺

（清·曹礼先）

偶寻仙梵识华宫，小向山幽折桂丛。

昼永梵香宗定慧，雨余莳药悟参同。

高城云压千峰黑，野树霜酣万叶红。

凭眺移时成小憩，微闻钟韵散松风。

【作者】曹礼先，奉天沈阳（今辽宁沈阳）人。康熙九年
（1670），官川东兵备道。

请住持

（清·冀应熊）

雪山留一钵，丈六树贞林。

莲舌开三妙，星眸净五阴。

风云定乃相，海岳效其深。

共坐铭昭觉，相期见远心。

【作者】冀应熊，河南辉县人。康熙六年至九年（1667—1670）
任成都知府。

宿昭觉寺

（清·释印昌）

乘闲游胜地，杖策月明中。

烟散山光淡，春深花木封。

泉流分野色，溪度引长虹。

难尽归软兴，仍闻静夜钟。

【作者】印昌（1608—1665），号灵筏，俗姓吴，四川内江人，丈雪师兄。擅长诗书画论。

游昭觉寺

（清·刘道开）

出郭寻幽十里赊，梵宫元是古宣华。

宝函街贮高僧衲，王殿曾颁古佛牙。

正法昔尝传五叶，虚堂谁复演三车。

此来欲访勤公迹，袭袭香风飘桂花。

【作者】刘道开，明末清初巴县（今属重庆）人。明亡后，闭门精修，居斗室二十余年，绝不与人通。著有《自怡轩诗文集》《拟寒山诗》《痛定录》《蜀人物志》《楞严说通》十卷行世。《国朝全蜀诗钞》录其诗六首。《四川通志》《巴县志》有传。

宿昭觉寺

（清·廖有恒）

古寺销沉劫焰红，重开鹿苑画图中。

三千界咏金轮色，八十名齐雪宝风。

松树几行云暧㬎，藤花满径月玲珑。

白头世路归来晚，丈室清凉愧远公。

【作者】廖有恒，字成之，一字柴坡，四川射洪人。顺治十一年（1654）举人，康熙九年（1670）任山东济宁知州，十二年（1673）修《济宁州志》十卷。有政绩，士民德之。著有《志道》《据德》《依仁》《游艺》四集，有《柴坡诗集》。

【注】鹿苑，指僧园、佛寺。此诗当作于清代昭觉寺重修之后。

同蒋虎臣太史宿昭觉寺

（清·潘之彪）

香刹严金界，晴光丽飞甍。窗含岭雪尽，帘枕峨云平。

直指西城路，俯收锦官城。老僧出兜率，供奉采花清。

柱杖说般若，请参作么生。长松引远眺，双桂发前荣。

中夜加趺坐，得闻觉有情。临歧更握手，坦道趋前程。

【作者】潘之彪，字文山，号退庵，丹阳人。顺治十四年（1657）中举，顺治十八年（1661）进士及第。授温州府推官，缺裁。康熙七年（1668）任四川蓬溪知县。

【注】蒋虎臣，即蒋超（1624—1673），字虎臣，自号华阳山人，江苏金坛人。顺治四年（1647）探花，官翰林院编修。康熙十一年（1672），蒋虎臣来到蓬溪看望好友潘之彪。夏到成都，入峨眉山脚伏虎寺出家，并修《峨眉山志》。

次陆务观饭昭觉韵

（清·李崇阶）

旅食何堪补浩然，风尘色带水山缘。

人经初地羁情冷，饼出吾门世外膻。

浣钵泉偏巡竹驿，晚秋钟递袅松烟。

忙中参得禅中味，应把寻询忆曩年。

【作者】李崇阶，字象岳，籍隶洱源（今属云南洱源），康熙二年（1663）举人，曾任保山教谕。

游昭觉寺

（清·缪其吉）

我尝足迹半天下，探幽每欲寻僧舍。去年北郭游名蓝，避喧会记奉长夏。一从入觐都门还，征衣乍拂无时闲。为酬宿愿虔礼佛，春来又得参禅关。禅关寂寂春更好，绕庐翠竹侵阶草。呼童煮茗试新泉，对客谈诗添近稿。推敲尽可传清机，妙谛玄中玄。生平翰墨也成癖，问师肯结尘寰缘。

【作者】缪其吉（1744—？），安徽巢湖人，历任知县、知府、按察使、布政使。

【注】原注："甲辰仲冬，奉命入都恭赴千叟之宴，道魁大和尚折梅寄赠，并系以诗。感远送之多情，怅握别之未逮，依韵和寄，即志。"是年为乾隆四十九年（1784）。

憩昭觉呈道魁老人

（清·释礼汀）

其一

双林唱道廿余秋，说法谈经石点头。

一条白棒钦龙象，绍起宗风过九州。

其二

西蜀名蓝古道场，师王绍续有余光。

曾经江汉谈真谛，一任风流海宇香。

【作者】释礼汀，清代诗僧，嘉庆二年（1797）辑有《凌云诗钞》。

重修昭觉寺志（节选）

（清·罗用霖等）

大禹导江，李冰凿堰，润彼淳皋，渥兹平衍。石递功高，昭觉名擅，乐利咸沾，沃饶普遍。百谷用成，三时不变，卓哉醉公，至今称美。志水利。

石递堰：即石梯堰。寺西四十里，属郫邑。康熙二年，丈雪大师卓锡归来。寺经甲申之变，概为煨烬，领众赤手草创茅屋数间。时廉访朱公、鹿门李公助师农器；邻里假牛助耕；由是垦荒种菜。兵燹之后，人烟乏绝，且所垦之地，概属旱土，不能种谷。师躬溯水源，由寺西洪门堰，经螃蟹等堰，上至太和场之石梯堰，往返旬日。因见上流之水，由太和场左达凤凰山，经狮子庵，过羊鹿山下，入驷马桥大河；而寺田并为沟渠相通。师始禀官立案，率众开渠：由洪门堰、过欢喜坡，循寺右筑堤五百丈，引水绕左，经龙眼桥、升仙桥而下，计长十五里。渠成，而水不能畅发。乃备糇粮，领缁众至太和场石梯堰，躬操畚捐，僧众行立，以次递石，阅百二十日，堰成；故名"石递"。自是水源畅达，傍渠田亩，变为沃壤者不下数十万顷，兵民交庆。余水犹能沾溉下游，使下之基址旱地，俱成水田。师之功亦伟矣哉！迄今二百余年，岁至春分开堰时，石递总长预帖先请寺僧。僧至，行礼毕，以次总、散行礼后，方始开堰。盖不忘所自故也。寺田堰费，每年五千五百零五文。存堰底钱三百串，年出息钱三十六千文；祭堰时并交总长手，如例。

昭觉堰：寺右西北角。引渠经八角亭，径达东角门外，以为安车灌溉高田之用。堰上余水，则有古湃缺，下流驷马桥大河。时有下坝粮民曾直位等，因彼处田畴系华阳油子、府河尾水，灌溉维艰，遂邀下坝人等上寺恳乞。蒙丈雪方丈慨允，遂将余水缘寺右捐田开渠，循寺右堤下，绕寺左下坝，入华阳界。道光六年被旱，华邑粮民谢重辉，与寺佃钟贵凤因水争讼，伪捏合同。前赵主勘明，劝寺僧去闸板二块，只用一块，一尺为率。余水二尺漫过，让与下游谢重辉灌溉。至咸丰三年再旱，下游郑国祥复执伪约争控。蒙各大宪委员王、县主郑复勘，仍照赵主前断立案。

　　阳叉沟：寺前龙眼桥东。分引昭觉堰中支水，绕青龙岗而下，达猫子塘，入华阳界。

　　昭觉碾：寺前青龙场中，即昭觉堰中支水。经龙眼桥，循升仙桥而下，入华阳界。

　　青龙堰：寺东南。分引东角门水，循青龙岗下，合阳叉沟水，下猫子塘。同治十三年，陈应清搭枧截水控争，蒙王主介卿勘明立案。

　　【作者】罗用霖，成都府学生员。

　　【注】《重修昭觉寺志》编于光绪二十二年（1896），《水利》列于卷一。原本注明方丈释中恂主修，成都文生罗用霖纂修。

重修昭觉寺志序

（清·伍肇龄）

　　吾蜀名刹，首推昭觉。自唐迄宋，代有名僧。衣钵相传，绵绵不绝。朱明革命，兵燹之后，万峰崛起，响震坤维。嗣法丈雪住持斯寺，重振颓纲，则有佛冤、竹峰、潜修、守仁诸大师，续焰联芳逮于今，兹绪犹未坠。熙朝颁赐藏经，宸翰叠锡光于禅林，寺志之刻已二百余年。

主持中恂师重加修葺，问序于余。余惟象教东流，千数百年矣。迭经兴废，而卒不灭者，以有其实也。寺以人兴人存事举，末法陵替，常流者多，担荷者少。即有踞师子座鲜，发圆音遗矩，虽存循习而已。官绅檀越，复少加意，异俗方炽，真风愈微，虽然栋宇犹新，原田未改，法语垂矣，清规具矣。果克明心，见性仰承，先轨信受，奉行说法，利生竭情化导，则亦远继鹫岭宗风，中继碧岩祖脉，近不愧昭代开山嫡骨孙矣。

此志之修，本迹源流昭然在目，使过现未来，稽考有资，诚不可以已，而非虚食法王，食者襄者明照大师，有如来应化事迹，图册之刻，师今继之，亦犹数典不忘祖者矣。

光绪二十二年秋九月赐进士出身翰林院编修国史馆协修加二级随带加一级邛州伍肇龄序

【作者】伍肇龄（1829—1915），字崧生，邛州（今四川邛崃）人。道光二十七年（1847）进士，翰林院编修。工书，善古文词。主讲锦江书院十余年，造士颇众，卒年八十余。

昭觉寺界址碑记

（清·佛冤等）

为恳循旧制，聿广新恩，赏准批行，以便刻石，永垂不朽。事康熙二十六年九月二十八日，奉巡抚姚批，据昭觉寺院主德法诉前事词

104

诗文成华＼

SHI
WEN
CHENG
HUA

称，切因昭觉寺原系唐宋鼎建名刹，相沿千有余年，遭逢献逆屠城之后，尽归煨烬。今幸大清定鼎，赖师祖丈雪拽杖归来，驻锡于此，披草开径，募缘修葺。荷蒙前任抚院张，买牛给种，招佃户拾家，并诸宪捐俸，鼎新重光佛日，赖有功德，主陈可教，将丛林四置界畔一一指踏明白，后因清丈承粮二钱四分，在册所有杂项差役，前以诉乞批行，府县一应蠲免在案。

今康熙二十六年，又蒙清看，赖因师祖年高八十，亦恐异日僧俗混乱，界址相侵，杂项差役，恐行加派。即今幸逢宪光正照，宏护法门，若不具诉批准，又恐日后难逢殊遇之恩，伏乞再准，批行府县，以便勒碑，庶使僧俗不致紊乱边界，得以无侵。

今将四置界畔水碾一座，与同唐宋碑记开列于后，恳恩赏阅，以垂永远万年之记等情蒙批，仰成都县查议报等因奉此，本县遵奉，随于十一月初八日亲诣本寺拘齐，乡甲头人，左右邻里，躬履查验明确。

该县查得昭觉寺古刹也，唐宋元明相沿至今，历有年所，明逆贼屠踞，尽成茂林荒土。皇清定鼎，本僧德法苦力，随师开创旧址。历蒙前院司道府各上宪，捐输供资，构葺成规，又将四置荒芜田地开垦成熟，以供焚修。兹奉宪委查明界址，除据实详报本都院外，合行勒石，永为后照。

计开四至，前抵驷马桥溪边，下至张家水碾及滥泥沟为界，后抵白莲池为界，左抵升仙铺为界，右抵本寺水碾及大团山堰沟为界。

产业水碾一座，额载课银贰钱肆分。田地拾壹分，原载粮银贰钱肆分叁厘。康熙二十六年新增粮银伍钱叁分。奉文止纳正赋杂差俱免。下院、欢喜庵、圆悟关田粮在寺。城内下院太平寺、慈氏庵，双流县下院潮音寺。

四川巡抚部院　　姚缔虞

四川提督军门　　吴　英

四川布政使司　　李辉祖

前任布政使司　　刘显第

四川按察使司　　王业兴

成都府知府　　　佟世雍

据座方丈彻纲　住持院主德法常敏仝立

所招佃户尤世龙等总共拾壹家

康熙二十六年岁次丁卯十一月十五日立

【注】见《重修昭觉寺志》。

古昭觉堰水源碑记

（清·唐炽芳）

　　夫昭觉堰者，肇自国朝康熙初年，有上丈下雪和尚卓锡于兹，因寺左有高田数千余亩，乏水耕种，丈翁轸念天道靡恒，雨旱莫必爱，相地度势，由石堤洪门二堰置地，设法迤迤筑堤，开挖凿渠引流，其沟由西而东，经通寺之二山门前，伏流八角亭直抵东角门，以为安车接引灌溉之用，是高田每岁之栽插裕如也。至于余水，由上手欢喜庵、是桥上古湃缺，下流驷马桥大河。时有下坝粮户曾在位等，伊因彼处田畴系华邑尾水，灌溉维艰，遂上寺恳乞。蒙丈翁慨允，将余水缘寺林右手捐地，开沟通流，下坝于是在寺西北隅筑立石堰。原用木

106

诗文成华

SHI
WEN
CHENG
HUA

板三块，闸堰堵水，上沟名为昭觉堰，载在县志。

丈翁复于寺之里许，造设水碾一座，以镇山门水口，名下昭觉碾，寺之春米永赖焉。百有余年，上流下接并无异论。突道光六年，有下坝粮户谢重辉等，因天干水涸，与寺佃钟贵凤争讼，蒙赵前主履勘讯断劝，令寺僧去闸板两块，准用闸板一块，以一尺为率，上余水二尺于板面漫过，让与下游华阳谢重辉等，以为尾水田亩灌溉之需。廿余年来，雨旸时若均相安无事。客夏癸丑，复遭天旱，下坝郑国祥等与寺构讼，互相争控历经。

督藩臬道府各大宪辕批饬。邑侯郑同委员王奉各宪檄亲诣履勘，详加查验，用尺审量明确，引水横沟约高正河堰底尺许，令将堰门闸板撤去，寺内横沟之水尽行回流出外，当谕两造，此非用板闸堰，则水不能分流入沟，寺田必致干涸，矧既立此堰，原为闸板堵水而设，倘板不闸又何用？堰为旋集两造人等，会同委员详细审讯断令，仍照赵前主旧案，准闸尺板一块，甚为公允，两无妨碍，俱各具甘结完案。

邑侯除详禀各大宪外复出示晓谕，永远遵行。窃以成华两邑水源各分成都，由灌县都江堰经石堤大堰及螃蟹、洪门等堰灌溉至昭觉而止；下坝华阳之水由郫邑沱江、油子、府河分洞子堰、豆腐堰、平桥子、三洞桥等处引灌至谢重辉等粮田而止，彼疆尔界风马牛不相及也。

自丈翁开沟筑堰，下坝所求之水实昭觉余水，波及于下耳。今讼端既息，用纪颠末，庶前辈之苦衷于以不没，而后进之善述，亦可以永彰矣。昔秦李冰凿穴离堆，取水灌溉，利赖无穷，其功不在禹下。

丈翁之普美，利于不言，惠及众生，其恒河沙数无量功德，倘湮没无闻，可乎？抑又闻之莫为之，前虽美弗彰莫为之，继虽盛弗传如兹之，创守俱获者，责诸我辈，犹为罕觏，况出自释子也。耶噫，丈翁真千古得未曾有者哉，谨记。

【作者】唐炽芳，生平不详。

【注】见《重修昭觉寺志》。

游昭觉寺

（民国·日本·井后筹题）

学术元期佐帝王，坎坷底事太凄凉。

卅年未试屠龙手，且伍禅林拈宝香。

【作者】井后筹题，日本人，生平不详。清末民初，井后筹题来到昭觉寺瞻仰圆悟禅师墓，并作此诗。

【注】昭觉寺为日本禅宗祖庭，常有日本僧人到昭觉拜谒祖师。

昭觉寺

（民国·召伯）

廿载经过路，莓苔为我生。

高僧宜语默，往日自清平。

桂树低薪价，斋钟乱角声。

人天惆怅事，龛下一灯明。

【作者】召伯，应为民国文人笔名，事迹不详。

【注】召伯，原载于《四川保安季刊》1936年第二期。

雨后过昭觉寺

（民国·刘得天）

一径重门远，连墙野寺深。

好风随去马，微雨在高林。

树绕僧房静，花遥佛殿森。

晚钟声又动，苍苍暮烟沉。

【作者】刘得天（1906—1954），邛崃人，室名嘉遯室。曾任成都金陵女子大学文理学院、华西协和大学中文系教授。1950年任西南师范学院教授，讲授楚辞、杜诗、元曲、诗选等课程。著有《嘉遯室诗录》《苍斋词录》。

【注】原注：寺在成都北关外。原载《文艺掊华》1935年第二卷第一期。

偕靖卿游昭觉寺赠方丈中恂

（清·冷泉亭长）

纡回北郭绕城东，一簇红墙众绿中。稽首大千望接引，点头顽石笑生公。第一丛林认榜题，御书香贵五云低。参天松柏来巢鹤，花雨楼台听讲鸡。大好溪山僧占却，灰馀岁月客何栖。尘劳绕绕无休息，欲向蓬莱扣指迷。

【作者】冷泉亭长，真名许伏民，1913年在世，浙江钱塘（今杭州）人，晚清作家。另有笔名白眼、冷泉伏民，自号则山镊主、泉唐许伏民则山镊主。著有《后官场现形记》。

【注】原注：寺内设僧学堂。五云楼多藏赐书。原载《广益丛报》，1908年第一百八十二期。

游昭觉寺

（民国·昌关觉）

其一

课罢闲身趁晚行，暮钟风磬涤烦清。

漫谈月落花无影，三径风夹竹有声。

殿上明灯多瑞绕，北城古寺半苔生。

可怜佛子逢深夜，一枕寒星俗念情。

其二

相携尊酒喝禅关，翠柏青松映眼帘。

僧侣含旋灯对影，游人归去路留斑。

三千世界光明象，子二楼台极乐园。

天半夕阳无限好，暮鸦啼樵意阑珊。

其三

森森古柏绿荫浓，北寺偕来履佛踪。

坐久浑忘六月暑，茶余遥听一声钟。

惠叨旨配松间饮，喜得高僧竹下逢。

到此顿生尘外意，遥看四面白云封。

其四

伦间结伴叩禅关，老衲相迎破笑颜。

殿上飞烟绕佛像，阶前凉雨润苔斑。

慧眼莫谈阿罗汉，祇树须培极乐园。

礼罢如来回首望，暮云深处鸟争还。

【作者】昌关觉，生平不详。本作原载于《广汉青年》1938年创刊号。

九日偕爵五登威凤山乙亥

（民国·徐炯）

西风吹忽止，寒雨过江来。

邻笛一声咽，秋山万壑哀。

令名残李杜，胜迹付蒿莱。

尚有陶潜菊，篱边黯淡开。

【作者】徐炯（1862—1936），字子休，号蜕翁，华阳（今四川成都）人。曾创办四川通省师范学堂，任学堂监督兼四川高等学堂教席。辛亥革命后在成都创办华阳县中国学会、大成会、大成学校等。民国建立后任四川教育会会长，为清末民初成都五老七贤之一。

【注】威凤山，即今凤凰山。诗题中乙亥为1935年。

昭觉寺诗

（民国·吴佩孚）

英雄不避杀身凶，何况空门老梵宫。
偏有情丝难遮断，双行血泪洒秋风。

【作者】吴佩孚（1874—1939），字子玉，山东蓬莱人，官至直鲁豫两湖巡阅使、十四省讨贼联军总司令。1927年兵败，流寓四川，1932年10月离开成都。

【注】1931年7月，吴佩孚参观昭觉寺时，特地穿上袈裟留影，并赋诗二首。其义为，我既已将生死置之度外，又何惧终老梵宫。

墨荷图题画诗

（民国·张大千）

夫喜收京杜老狂，笑嗤胡虏漫披猖。
眼前不忍池头水，看洗红妆解佩裳。

【作者】张大千（1899—1983），四川内江人，画家，书法家。

张大千是20世纪中国画坛最具传奇色彩的国画大师，绘画、书法、篆刻、诗词无所不通。

【注】1945年，寄住在昭觉寺的张大千得知日寇投降后，欣喜若狂，挥毫泼墨画《墨荷图》并题诗。其在款识中写道："乙酉八月十日，倭寇归降，举国狂欢，祉布道兄见访昭觉寺，为写此留念。不忍池在东京，为赏荷最胜处也。爱记。"

游成都昭觉寺

（当代·刘克嘉）

寺广钟声僻远闻，嵯峨殿阁净无尘。

经楼十万八千卷，自有惠能顿悟门。

【作者】刘克嘉（1931—2009），别名抱朴外史、望山楼主、玉屏山人等，湖北大冶人，著有《望山楼诗草》。

【注】自注：惠能亦慧能，乃禅宗六祖。著《坛经·般若品》："我于忍和尚处，一闻言下大悟。顿凡真如本性，是故将此教法，流行后代，今学通者顿悟菩提，今自本性顿悟。"

昭觉题书

（当代·郭沫若）

一别蓉城卅二年，今来昭觉学逃禅。

丈雪破山人已渺，几行遗墨见薪传。

【作者】郭沫若（1892—1978），原名开贞，字鼎堂，号尚武，四川乐山人。是中国新诗的奠基人之一、中国历史剧的开创者之一、古文字学家、考古学家、社会活动家、甲骨学四堂之一、第一届中央研究院院士。有《郭沫若全集》三十八卷。

【注】1955年4月下旬，郭沫若由成都市市长李宗林陪同参观昭觉寺，题七绝一首。卌，音xì，四十。"丈雪破山人已渺，几行遗墨见薪传"，足见破山与丈雪师徒对川西禅宗佛教影响之深远。

题成都昭觉寺

（当代·邓拓）

我来昭觉日斜时，漫遣余晖照读碑。
历劫头陀应彻悟，了知知了是真知。

【作者】邓拓（1912—1966），原名邓子健，笔名马南邨、邓云特，福建闽侯人。无产阶级革命战士，当代杰出的新闻工作者、政论家、历史学家、诗人、杂文家和书画收藏家。著有《邓拓诗文选》《邓拓文集》等。

【注】所谓"了"，即实践过程的完结，"知"即认识。1957年末，《人民日报》总编辑邓拓前往新建成的宝成铁路采访并参加通车典礼。采访报道结束后，到昭觉寺参观并写下此诗。

西江月 · 为成都昭觉寺作

（当代·赵朴初）

喝月拿云气概，破山丈雪家风。搬柴担水是神通，竹笠芒鞋珍重。　　纵使虚空可尽，其如行愿无穷！妙花香饭与谁同？普供人天大众。

【作者】赵朴初（1907—2000），安徽安庆人。著名作家、书法家、社会活动家。

【注】原注：应慈青和尚之嘱，1960年12月。

与谷声云凡同往昭觉寺访大千

（民国·何鲁）

终日危吟句未成，喜从即雨豁新晴。
友寻兰若北郊外，衣湿桤林秋水清。
笔底风云生绝顶，尊前故旧说瑶京。
神州自有神呵护，纵自贪天也暗惊。

【作者】何鲁（1894—1973），四川广安人，字奎垣，笔名云查。数学家、诗人、书法家。

【注】王云凡，别名汝楫，1909生，四川天全人。有多种著述传世。严谷声（1889—1976），一作严谷孙，字式海，陕西渭南人。现代著名藏书家，建有"贲园书库"。20世纪40年代，何鲁、王云凡、

严谷声、王国源、乔大壮、张大千等常赋诗填词作画，过着文人名士生活。

昭觉寺访大千即送其往峨眉

（民国·林思进）

入寺长廊寂，烦襟顿已苏。风凉如迓客，坐久欲忘吾。

浩劫虫沙外，清斋汤饼余。湛然此方丈，小憩得须臾。

焚椽西平迹，机锋破祖诗。夕阳明古殿，响搨拂残碑。

大德传衣尽，兴亡转烛疑。羡君行脚好，三日又峨眉。

【作者】林思进（1874—1953），字山腴，晚年自号清寂翁，成都华阳人，晚清举人。曾任内阁中书，成都府中学堂监督，四川省立图书馆馆长，华阳县中校长，成都高等师范学堂、华西大学、成都大学、四川大学教授，四川省通志馆总纂。后任川西行署参事、四川文史馆副馆长。著有《中国文学概要》《华阳县志》《清寂堂诗集》《清寂堂文录》《吴游录》等书。

【注】原注：正殿梁署平西王世子吴应熊建，破山为寺初祖，有搨工正拓其诗碑。

燕山亭 · 昭觉寺藏陈沅手制丈雪禅师遗履，敦仁有词甚工，为书之，即邀石帚同赋

（民国·林思进）

一杵斋钟，人寂履闲，往事开堂千指。多难响空，七杀碑成，魔劫大悲担起。琐骨婵娟，本来自初禅天里。夫婿。甚尽化侯王，早轻罗绮。　　遥想绣佛灯前，罢清切吴音，更拈针黹。嵌珠供养，学组情怀，羞他雀台歍歔。丈室缘深，端胜过、锦裙留记。何意。葱岭也携归却未。

【注】白敦仁原注：右山腴师遗词二首，原稿于动乱中失之，久觅不得，新刻《清寂堂集》亦未收入。今检旧箧，忽得昔年钞件，以拙稿已付印，敬录存于此。一九九六年弟子敦仁谨识。

燕山亭

（当代·白敦仁）

双履翩翩，金屋绣幪，宝繶脂香犹凝。深殿梵烟，丈室星移，寥落雨花春暝。换劫珠璎，终未称，禅天钟磬。端应。伴斜谷云楼，散关妆镜。　　闻道开国滇南，有堂上三千，响廊双迎（去）。龙荒玉版，凤蠹金縢，依稀故王周正。绿鬟雄风，甚一例，只檀消领。眉影。更杂事秋山谁咏。

【作者】白敦仁（1918—2004），字梅庵，室名水明楼，四川成

都人，与屈守元、王文才、王仲镛等并为近世蜀中学者綦江庞石帚高足。曾任成都大学中文系主任。著有《水明楼文集》。

【注】原注：昭觉寺藏丈雪禅师遗履，陈沆手制。余赋此词成，山腴师见而爱之，尝手书一通，遍赞宾客，并辱赐和。经动乱，惟觅得石帚师赐和之作，山腴师词，则苦求不得矣。新版《清寂堂词》亦未收入。《燕山亭》，词牌名之一，又名《宴山亭》，双调九十九字，上片十一句五仄韵，下片十句五仄韵。

附：石帚师和作

瓶钵飘萧，千山万水，着破行缠谁见。纤手净缘，艳迹良工，何似瓦官①针线。藓径沧桑，换徐步、宣华春苑②。人远。想卓锡堂高，散花妆淡。　　因念一代红颜，费灯暗长门，夜深缝剪。穿珠忏泪，织锦回肠，空王大悲能鉴。斗尽豪华，悟脚履，夜床须判③。痴汉。浮两舫芒鞋恁满④。

① 上元瓦官寺有武后制锦裙绣幡，见陆龟蒙记。
② 昭觉寺为前蜀宣华苑遗址。
③ 陈后山《送空讲主诗》："夜床鞋脚别。"任渊注："大修行人上床，即与鞋履为别。"
④ 见《南史·王筠传》。

游昭觉寺

（当代·赵琳阁）

其一

宫殿仰巍峨，古木枝横强。

墙外竹叶绿，梵院菜花黄。

游人踏青乐，粉蝶吸蕊忙。

只有大肚佛，嬉笑一如常。

其二

梵院云缥缈，禅堂烟迷茫。

潜龙伴隐凤，猛将合文郎。

蚕豆结蕊紫，油菜花开黄。

羡他大肚佛，微笑永乐王。

【作者】赵琳阁（1928—　），河南睢县人，河南医科大学教授。著有《琳阁诗词选》。

【注】原注：1961年4月2日成都作。

南仙吕人双调·玉抱肚·游昭觉寺读《剑南题壁》诗

（当代·卢前）

山门春拥，想行吟当年放翁。剔莓落默诵题诗，最撩人软款东风。西州古刹百年松，明日里松下还来听暮钟。

【作者】卢前（1943—　　），字葆光，江苏南京人，文学和戏剧史论家、散曲作家、剧作家、诗人。

和圆悟克勤大师赠密印安民首座人峨眉中峰

（当代·顾毓琇）

大师圆悟讲楞严，昭觉寺中晨夕参。
跃过虎溪探虎穴，飞穿龙洞到龙潭。
名山览胜登金顶，公案流传记碧岩。
密印中峰充首座，峨眉山月照优昙。

【作者】顾毓琇（1902—2002），字一樵，江苏无锡人。集科学家、教育家、诗人、戏剧家、音乐家和佛学家身份于一身，学贯中西、博古通今，是中国近代史上杰出的文理大师。

狱中遇沙汀

（当代·马识途）

夕阳满树噪昏鸦，古庙苍茫遇老沙。
对面无言同陌路，邻居咫尺等天涯。
我无宝剑雄三尺，君学诗书富五车。
努力加餐勤锻炼，他年古木发新华。

【作者】马识途（1915— ），四川忠县（今重庆忠县）人，文化名人，与巴金、张秀熟、沙汀、艾芜并称"蜀中五老"。曾著有长篇小说《清江壮歌》《夜谭十记》《沧桑十年》，纪实文学《在地下》，短篇小说集《找红军》《马识途讽刺小说集》等。

【注】原注：在昭觉寺狱中遇沙汀，对面不敢相认，在厕中交换诗稿。

昭觉寺狱中赠艾芜

（当代·马识途）

丛林翠竹正宜家，旧雨新逢锦水涯。
高树朝朝歌好鸟，野塘夜夜鼓群蛙。
何妨斗室飞奇想，正合铁窗织彩霞。
漫道鬓霜催人老，西园犹可种冬瓜。

游成都昭觉寺

（当代·佚名）

寺广钟声僻远闻，嵯峨殿阁净无尘。
经楼十万八千卷，自有惠能顿悟门。

白莲池诗词文

白莲池，也叫北池、北湖、万顷池、万岁池、万年池。清顾祖禹《读史方舆纪要》卷六十七曰："万岁池，在府治北十里，张仪筑城，取土于此，因以成池。"秦汉时期其为成都筑城取土而形成的大坑，到了唐宋时期，该地成为成都市民郊游去处。清代昭觉寺僧人在池中遍种白莲，始称白莲池。该池位于今成华区白莲池街道，现为通威渔场。

陪郑公秋晚北池临眺

(唐·杜甫)

北池云水阔，华馆辟秋风。独鹤元依渚，衰荷且映空。采菱寒刺上，踏藕野泥中。素楫分曹往，金盘小径通。萋萋露草碧，片片晚旗红。杯酒沾津吏，衣裳与钓翁。异方初艳菊，故里亦高桐。摇落关山思，淹留战伐功。严城殊未掩，清宴已知终。何补参卿事，欢娱到薄躬。

【注】广德二年秋于成都作。

122

诗文成华、

SHI
WEN
CHENG
HUA

▲ 白莲池 ［清］罗廷权修、袁兴鉴纂《重修成都县志》，同治十二年刻本

晦日陪侍御泛北池

（唐·岑参）

春池满复宽，晦节耐邀欢。

月带虾蟆冷，霜随獬豸寒。

水云低锦席，岸柳拂金盘。

日暮舟中散，都人夹道看。

晦日益州北池陪宴

（唐·司空曙）

临泛从公日，仙舟翠幕张。七桥通碧沼，双树接花塘。

玉烛收寒气，全波隐夕光。野闻歌管思，水静绮罗香。

游骑萦林远，飞桡截岸长。郊原怀灞浐，陂漾写江潢。

常侍传花诏，偏禅问羽觞。岂令南岘首，千载播余芳。

【作者】司空曙（约720—790），字文初，河北广平（今河北永年）人，大历年间进士，磊落有奇才，与李约为至交。大历十才子之一，同时期作家有卢纶、钱起、韩翃等。

上巳日陪刘尚书宴集北池·序

（唐·符载）

才智宏杰者其人尊，政教易简者其民泰，时节和畅者其游盛，地形盘郁者其宴雄。我尚书刘公，挺天姿之英特，采人心之愉乐，乘上巳之暄淑，趣北池之汙漫，操四驾，腾百祥，皇皇煜煜，气象飘动，真高会也。况乎九天之泽，滂沱下澍，新握龙节，保宁坤维，苟或风流褊俭不耀，是则欲憔悴宠荣也，岂承荷锡命之意乎？

岩岩西蜀，古称天府之奥也。江山数千里，羌蛮万余落，岁时风俗豪侈。凡所好尚，奇伟谲怪。遭值此际，得摅胸襟，故尤为壮观矣。先期旬日也，严经术，洗涯岸，洞篁篆，炽台榭。有事之辰也，拥幢盖，揖宾客，寅及于近郊，卯及于北池。其降车也，鼙鼓发；登舟也，丝桐揭；解缆也，百戏作。

览水府，摧江蠡，叱天吴，拉冯夷，跃龟鱼，腾蛟螭，召琴高，啸宓妃，引蓬壶以回泊，若云蔚而霞帔，一何壮也。及乎耳烦目剧，绵趣静境，稍自引去于空阔，水波不动，四罗郡山，簪裾坐于天上，

124

诗文成华＼

SHI
WEN
CHENG
HUA

思虑游于象表，又何旷也。观夫水嬉之伦，储精蓄锐，天高日晏，思奋余勇，实有赤县，两为朋曹，献奇较艺，钩索胜负，于是划万人之浩扰，嚣一路之清泚。南北稳彻，中无飞鸟。爰挂锦彩，从风为标，烂然长虹，横拖空碧。乃计才力，量远迩，一号令，雷鼓而飞。千桡动，万夫呼，闪电流于目眦，羽翼生于肘下。观者山立，阴助斗志，肺肠为之沸渭，草树为之偃悴。揭竿取胜，扬旌而旋。观其猛厉之气，腾陵之势，崇山可破也，青天可登也。若使移于摧坚陷阵之地，宁有对宇宙乎？夫文质殊途，古今异宜，君子作事，得时也。是都也，有军旅焉，有南诏焉，有西戎焉，尚或以清流激湍，一觞一咏为宾客之娱者，是不知变也，而识者哈之。

其观一时之能事，成千古之休烈，在今辰也。岂与夫永和少长咸集同日而言哉？载自顾薄劣，尘厕下介，谬处陈璋之任，被命首叙，敢逡巡乎？请赋八韵，以耀兰亭诸子也。

先是故太师韦公，因是令节，课宾僚赋诗，乃取诸"黄裳"以为韵。今尚书继之以"青"，盖欲使其五色相宣耳。

【作者】符载，又名苻载，字厚之，生卒未详。唐代文学家，四川武都（今四川绵竹）人，曾任剑南西川节度使韦皋掌书记。韦皋卒，刘辟据蜀作乱，载亦在幕中。刘辟败，载以曾劝其行仁义，遂得免祸。后为江陵赵宗儒记室，官至监察御史。元和中（806—820）卒，段文昌为撰墓志。

【注】本文见《全唐文》卷六九〇。此文为上巳日符载陪同刘辟在白莲池宴集而作。

鲜于耆宿

（宋·黄休复）

学射山旧名石斛山，昔张百子三月三日得道上升，今山上有至真观，即其遗迹也。每岁至是日，倾城士庶四邑居民咸诣仙观，祈乞田蚕。时当春煦，花木甚盛，州主与郡寮将妓乐出城，至其地，车马人物阗噎。

有耆宿鲜于熙者，与朋友数人于万岁池纵饮，因掬池水，见岸傍草中有一小白虾蟆，遂取之。即席有姓刘，失其名，坚请看之。鲜于固执不与，遂啮鲜于手，取将吞之。鲜于戏之曰：阁下因吞此白蟾，苟成得道也，祗成强盗尔。吞讫忙惶饮水，云：虾蟆在某心胸间，无所出处，昏闷。至家旬余，医治方愈。

休复曾览《抱朴子》内篇云：肉芝者谓万岁蟾蜍也。头上有角，目赤，颔下有丹纹，体重而跳捷，以五月五日午时取之，阴干，以左足画地成泉。戴之辟兵。若敌人射己，弓弩皆反自伤焉。

今人以白虾蟆为肉芝，生吞熟啖者，愚之甚也。设使白虾蟆是肉芝，市井之民但知锥刀之利，嗜欲无厌，藏腑滓秽之气与灵物相攻，水火交战，宁有全人乎？

太平兴国末，休复与处士胡本立、进士史载许、僧隐峦往双流县保国观，看古柏树，道逢友人袁德隆，从者于担悬一虾蟆，大如扇许，人皆骇视之。后月余再见袁，因问向者虾蟆所在，袁曰：是荷担者获于田隧中，将归杀而食之。其夜无疾大叫数声而卒。

【作者】黄休复，字归本，一作端本，四川人。约活动于北宋咸平（998—1003）之前。曾校《左传》《公羊传》《谷梁传》。通《春秋》学，兼精画学，收藏甚富，景德（1004—1007）中著《益州名画录》三卷。并有小说《茅亭客话》十卷行世。

【注】见黄休复《茅亭客话》。此文笔法类似于唐传奇和聊斋。

芳华楼夜饮二首（其二）

（宋·陆游）

结客追游亦乐哉，城南城北古池台。

香生赭汗连钱马，光溢金船拨雪醅。

难觅长绳縻日住，且凭羯鼓唤花开。

一春政使浑无事，醉到清明得几回。

【注】第二句"城南城北古池台"指城南江渎池、读书台和城北的万岁池、望乡台。

上巳前一日学射山万岁池故事

（宋·范成大）

北郊征路记前回，三尺惊尘马踏开。

新涨忽明多病眼，好风如把及时杯。

青黄麦垄平平去，疏密柏林整整来。

游骑不知都几许？长堤十里转轻雷。

上巳日万岁池坐上呈提刑程咏之

（宋·范成大）

浓春酒暖绛烟霏，涨水天平雪浪迟。

绿岸翻鸥如北渚，红尘跃马似西池。

麦苗剪剪尝新面，梅子双双带折枝。

试比长安水边景，只无饥客为题诗。

念奴娇·上巳日游北湖

（宋·京镗）

　　锦城城北，有平湖，仿佛西湖西畔。载酒郊坰修禊事，雅称兰舟同泛。麦垄黄轻，桤林绿重，莫厌春光晚。棹歌声发，飞来鸥鹭惊散。　　好是水涨弥漫，山围周匝，不尽青青岸。除却钱塘门外见，只说此间奇观。勾引游人，追陪佳客，三载成留恋。古今陈迹，从教分付弦管。

万年池

（清·丈雪）

我屋旁池已有年，晨星日与水争妍。

群峰倒影波间浴，始信松门别一天。

【注】万年池，秦称万岁池、万顷池，宋称北池、北湖，清以后

称白莲池。

五言杂诗（选二）

（清·竹峰）

万年池畔鹤，独立不知秋。
惟有潭头月，与君共漫流。

又

白莲池畔叟，履杖过鱼桥。
前指沙村柳，亲手插柔条。

七言杂诗

（清·竹峰）

万年池下水潺潺，太白峰头起暮烟。
西蜀一灯超列谱，正传祖印接人天。

成都访古二十首其五（节选）

（清·徐樾）

空有鱼龙气，无人到北池。
当年觞咏处，惟有白鸥知。

【作者】徐樾（1853—1928），字季同，广东番禺人。历任遂宁、岳池、涪州、丰都、富顺知县，成都知府。宣统二年（1910）出任四川巡警道。少喜为诗，通经学史学，著有《遗园诗集》。

130

诗文成华

SHI
WEN
CHENG
HUA

多宝寺诗文

据嘉庆《华阳县志》记载，多宝寺，治东城外十里。传为魏晋时宝掌禅师道场，宝掌禅师并僧众灵塔在内。唐显庆间重修，道因法师避地三蜀而居于此。至明正统、崇祯及清康熙、雍正间多宝寺屡有兴废。宝掌禅师灵塔毁于20世纪60年代，其遗址位于成都市成华区双庆路与沙河交汇处，现仅存地名。

益州多宝寺道因法师碑文并序

（唐·李俨）

大哉乾元，播物垂象，肇有书契，文籍生焉。虽十翼精微，阴阳之化不测；九流沉奥，仁义之涂斯阐。而劳生蠢蠢，岂厌尘门；暗海茫茫，恒漂苦浪。亦有宝经浮说，锦籍寓词，驾凤升云，骖龙栖月。迹均转缕，空溺志于邪山；事比系绳，讵知方于觉路？孰若训昭金石。道秘琼箱，静痛毒于三漏，拯横流于五浊？是生是灭，发莲花之音；非色非空，被栴檀之简。暨乎鹤林税轸，涅槃之岸先登；鸟笔记言，总持之苑斯辟。结集之侣，扬其实谛；传授之宾，宏其妙理。然则绍宣神典，幽赞元宗，跨生、肇以遐骞，追安、什而曾骛。可以声融绣石，采绚雕图，则于我法师而见之矣。

法师讳道因，俗姓侯氏，濮阳人也。自绕枢凝祉，纪云而锡允；贯昴搞祥，奠川而分绪。司徒以咸容之盛，垂范汉朝；侍中以才悟之奇，飞芳晋牒。衣冠继及，代有人焉。祖阙，齐冀州长史；父场，随柏人县令：并琢磨道德，砥锡文艺，或题舆展骥，赞务于千里；或烹鲜织锦，驰声乎一同。法师禀祜居醇，含章纵哲，覃吁之岁，粹采多奇；髫龀之辰，殊姿独茂。孝爱之节，慈顺之风，率志斯存，因心以极。年甫七岁，丁于内艰，嗌粒绝浆，殆乎灭性，成人之德，见称州里。免丧之后，乃发宏誓，而以风树不停，浮生何恃，思去发肤之爱，将酬罔极之恩。便诣灵岩道场，从师习诵，而识韵恬爽，聪悟绝群。曾不浃旬，诵《涅槃》二帙，举众嗟骇，以为神童。逮乎初岬，方蒙落发。于是砥行饬躬，架德缉道，篑蛇能蒭，心猿久制。逆流增智，望井加勤，在疑必请，见义思益。寻讲《涅槃》十地，洞尽幽微，宿齿名流，咸所叹异。及受具戒，弥复精苦，若浮囊之贞全，譬圆珠之朗洁。始听律义，遍讫便讲，辨析文理，综核指归。十诵之端，五篇之赜，写瓶均美，传灯在照。

又于彭城嵩论师所，听摄大乘，嵩公懿德元猷。兰薰月映，门徒学侣，鱼贯凫集，讲室谈筵，为之嚣隘。遂依科戒，而为节文年少沙门，且令习律，晓四分者，方许入听。法师夏腊虽幼，业行攸高，独于众中，迥见推把。每敷《摄论》，即令复讲，而披演详悉，词韵清畅，诸方翘俊，靡弗归仰。于是遍窥释典，咸通密藏，五乘之说，四印之宗，照尽几初，言穷虑始。每抠衣讲席，隐几雕堂，举以玉柄，敷其金牒，涣乎冰释，颐然理顺。延惠风而不倦，同彼清流；应来响而无疲，类夫虚谷。搢绅之客，慕义波腾；缁黄之侣，承规景赴。法师志求冥寂，深厌嚣淬，乃负帙褰裳，销声太岳。寝溪扃岫，饮露餐霞，树偃禅枝，泉开定水。凡经四载，将诣洛中。属昏季陵夷。法纲严峻，僧无徒侣，弗许游涉。于是杖锡出山，孑焉孤迈，恐罹刑宪，静念观音。少选之间，有僧欻至，皓然白首，请与俱行。迨至铜街，暨于金地，俯仰之际，莫知所在。咸谓善逝之力，有感斯见，非夫确至，曷以臻乎？

既而黄雾兴祆，丹凤起孽。中原荡覆，具祸以烬。法师乘杯西迈，避地三蜀，居于成都多宝之寺。而灵关之右，是曰隩区，远接荆舒，近通邛僰。邑居隐轸，人物嚣凑，宏才巨彦，硕德高僧，咸抱芳猷，归心接足。及金符启圣，宝历乘时，运属和平，人多好事，导元流于已绝，辟妙门之重键。法师以精博之敏，为道俗所遵。每设讲筵，毕先招迓，常讲《维摩》《摄论》，听者千人。时有宝暹法师，东海人也，植艺该洽，尤善大乘。昔在隋朝，英尘久播，学徒来请，接武摩肩，暹公傲尔其间，仰之弥峻。每至法师论义，肃然改容，沈吟久之，方用酬遣。法师抗音驰辩，雷惊波注，尽妙穷微，藏牙折角。益州总管邓国公窦琎、行台左仆射赞国公窦轨、长史申国公高士廉、范阳公卢承庆，及前后首僚，并西南岳牧。并国华朝秀，重望崇班，共藉声芳，俱申虔仰。由是梁昏之地，庸濮之，饮德餐仁，云奔雨集。法师随缘诲诱，虚往实归。昔昙翼高奇，教阐沈犀之壤；法和通敏，道着蹲鸱之域。协时揆事，抑亦是同，考业晖声，彼则非衮。而以久居都会，情异傲真，养中晦迹，可求天解。复于彭门山寺，习道安居，此寺往经废毁，院宇凋敝，法师慨然构怀，专事营葺。若乃危峦迢遘，俯瞰龙堤；绝磴逶迤，斜临雁水。近对青城之巘，遥瞻赤里之街，云榭参差，星桥紫映。于是分岩列栋，架壑疏基，窈窕陵空，徘徊罩景。松吟竹啸，共宝铎以谐声；月上霞舒，与璇题而并色。仙花秘草，冬夏开荣；扰兽驯禽，晨昏度响：谅息心之胜竟，毓道之净场乎。而以九部微言，三界式仰，缅惟法尽，将斁龙宫，挥兔豪而匪固，籀锤纲而终灭，未若镌勒名山，永昭弗朽。遂于寺北岩山，刻石书经，穷多罗之秘帙，尽毗尼之妙义。纵洪澜下注，巨火上焚，俾此灵文，永传遐劫，岂直迷生之类，睹之而发心；后学之徒，详之而悟道？

既而清猷远畅，峻业遐昭，遂简宸衷，乃纡天绂。追赴京邑，止大慈恩寺，与元奘法师证释梵本。奘法师道轶通贤，德邻将圣。游听琶，集梵文而爰止；旋谒皇京，奉纶言而载译。以法师宿望。特所钦重，琐义片词，咸取刊证，斯文弗坠，我有其缘。慧日寺主楷法师者，聪爽温赡，声蔼鸿都，乃首建法筵，请开奥义。帝城缁俗，具来咨禀，欣焉相顾，得所未闻。诸寺英翘，澽然只服，咸敷师子之坐，用仯频伽之音。法师振以元词，宣乎幽偈，同炙果而逾畅，譬连环而靡绝。耆年粹德，旷士通儒。粉滞稽疑，云消雾荡，伏膺请益，于嗟来暮。惟法师姿韵端凝，履识清敏，粹图内蕴，温采外融，运柔嘉以成性，体斋邈而行已。峻节孤上，夷险同贯；冲怀不挠，是非齐躅。加复研几史籍，尤好老庄，咀其菁华，含其腴润。包四始于风律，综五声于文绪，宿植胜因，恬荣褫欲。善来佛子，落采庵园，开意花于福庭，濯元波于妙境。而贞苦之操，绝众超伦；聪亮之姿，逾今迈昔：信法徒之冠冕，释氏之栋梁乎。凡讲《涅槃》《华严》《大品》《维摩》《法华》《楞伽》等经，《十地》《地持》《毗昙》《智度》《摄论》《对法》《佛地》等论，及四分等律，其《摄论》《维摩》，仍出章疏。既而能事毕矣，宏济多矣，脱屣于梦境，栖神于净域。春秋七十有二，以显庆三年三月十一日，终于长安慧日之寺。梵宇歼良，真门丧善，悲缠素侣，恸结缁徒。即以四年正月，旋乎益部，二月八日，窆于彭门光化寺石经之侧。道俗门人，星流波委，衔

134

诗文成华

SHI
WEN
CHENG
HUA

哀追送，众有数千。岩谷为之传响，风云于是变色。慧日寺徒众，并蠲邪迪妙，综理探微，保素真源，归元正道。自法师庚止，咸共遵崇，追思靡及，情深轸慕。弟子元凝等，禀训餐风，师称上足，而以慈灯罢照，崇山无仰，循堂室而濡涕，对几弗而流恸。敬于此寺，刊金撰德，气序虽迁，音尘方煽。亦犹道林英范，托绣础以长存；慧远徽猷，寄雕碑而不朽。其词曰：

缅哉佛性，廓矣元门。功昭旷劫，化拯重昏。冲仪已谢，妙道斯存。匪伊开士，孰畅其言。于显法师，诞灵杰起。如松之秀，如岩之峙。穆穆风规，堂堂容止。行穷隐括，识洞名理。爰初纽锦，早厌樊笼。言从落饰，乃沐元风。将超八难，即悟三空。贞图可仰，峻范弥融。鹿野微词，猴江粹典。源流毕究，奥隅咸践。法镜攸悬，信花弥阐。振岳符论，奔涛喻辩。昔在昏虐，时逢祸乱。东去戢道，西游违难。天启圣期，光华在旦。翼教岷益，腾声巴汉。爰雕净境，于彼曾岑。分檐架壑，耸塔依林。搜经缉义，篆石雕金。芥城斯尽，胜迹无侵。载奉王言，来游帝宅。慧义资演，直宗仁译。紫庭之彦，丹台之客。并企清仪，俱餐妙赜。沦义□□，□□□光。遽嗟分岸，永泣摧梁。龛留旧影，室泛残香。书芬纪蔼，地久天长。

▲ 多宝寺，道因法师碑

【作者】李俨，字促思，陇西人，龙朔（661—663）中任中台司藩大夫。

【注】《道因法师碑》全名为《大唐故翻经大德益州多宝寺道因法师碑》，龙朔三年（663）镌立，现存于陕西西安碑林，是唐代书法家欧阳通的代表佳作。

宣律师（节选）

宣师又以感通记问天人云："益州成都多宝石佛者，何代时像，从地涌出。"

答曰："蜀都元基青城山上，今之成都，大海之地。昔迦叶佛时，有人于西洱河造之，拟多宝佛全身相也，在西洱河鹫山寺。有成都人往彼兴易，请像将还，至今多宝寺处，为海神蹋船所没。初取像人见海神于岸上游，谓是山鬼，遂即杀之。因尔神瞋覆没，人像俱溺，同在一船。其多宝旧在鹫头山寺，古基尚在，仍有一塔，常有光明。令向彼土，道由郎州过，大小不算，三千余里，方达西洱河。河大阔，或百里，或五百里。中有山洲，亦有古寺，经像尚存，而无僧住。经同此文，时闻钟声。百姓殷实，每年二时，供养古塔。塔如戒坛，三重石砌，上有覆釜，其数极多。彼土诸人，但言神冢。每发光明，人以蔬食祭之，求其福祚也。其地西北去西州二千余里。问去天竺非远，往往有至彼者。自下云云至晋时，有僧于此地。见土坟随出随除，怪不可平。后见拆开，深怪其尔。乃深掘丈余，获像及人骨在船。其骸骨肘胫，悉皆粗大数倍，过于今人。即迦叶佛时，阎浮人寿二万岁时人也。今时劫减，命促人小，固其常然，不可怪也。初出之时，牵曳难得。弟子化为老人，指拟方便，须臾至周，灭法暂隐。到隋重兴，更复出之。蜀人但知其灵从地而出，亦不测其根源。见其花跌有多宝字，因遂名焉，又名多宝寺。"

又问："多宝字是其隶书，出于亡秦之代。如何迦叶佛时，已有神州书耶？"

答曰："亡秦李斯隶书，此乃近代远承。隶书之兴，兴于古佛之世。见今南洲四面千有余洲，庄严阎浮，一方百有余国，文字言音，同今唐国。但以海路辽远，动数十万里，重译莫传，故使此方封守株柱，不足怪也。师不闻乎？梁顾野王，太学之大博也，周访字源，出没不定，故玉篇序云：'有开春申君墓得其铭文，皆是隶字。'检春申是周武（明抄本无周武二字）六国同时，隶文则非吞并之日也。此国篆隶诸书，尚有茫昧，宁知迦叶佛时之事。决非其耳目之所闻见也。"

又问："今西京城西高四土台，俗谚云：是仓颉造书台。如何云隶书字古时已有？"

答曰："仓颉于此台上，增土造台，观鸟迹者，非无其事。且仓颉之传，此土罕知其源。或云黄帝之臣，或云古帝王也。鸟迹之书时变，一途今所绝有。无益之言，不劳述也。"

【作者】作者生平不详。此文撰于雍正十一年（1733），记述了多宝寺的传说、历史及清季的修复，与历朝记文多有补益。

【注】见《太平广记》卷第九十三《异僧七》。此文为成都多宝寺增添了几分传奇色彩。

多宝寺石幢记

（明·释□量）

蜀为西南巨镇，而大慈护国禅寺冠诸刹之首。在锦官城府中，盖魏晋时，千岁宝掌禅师礼峨眉寓大慈，究其由来，亦远矣。

唐金头陀重建有解院。去迎晖门外东五里许，古有遗址，曰"多宝寺"，旧有常住土地，东至沙河，西至水沟，内田三丘，中去塔后，有二十五丈许，乃宝掌禅师并僧众灵塔在内。

宣德乙卯，大慈寺遭遇回禄，殿阁廊庑，荡然荒墟。正统戊午，量授职兹寺。岁至丙寅，其寺一新。钦蒙朝廷颁赐大藏经典，复请命建阁安置，工毕，量楷徒德裕诣阙谢恩，上嘉其诚，召至便殿，赐宝钞三千缗为道费。辛巳岁回蜀，见兹解院殿堂倾圮，舍己资重建，周植松柏竹树万计，建塔一，以藏幻相。又将大安门外常住碾磨与蜀府典宝所易白土沟官山田一百二十丘，占连本寺古田一十七丘，共计百三十七丘。东至官草山，南至本寺左沙河，西至白土沟，北至象鼻嘴叶氏居址，俱在界内。天顺癸未，敬蒙蜀王赐水田六十丘，在寺栽种供给僧徒。成化十七年，岁在辛丑六月吉旦。

【作者】释□量，生平不详。原成都府万寿寺住持，后为多宝寺方丈。碑撰于成化十七年（1481）。

【注】原按："寺无古碑，惟双石幢存，虽久欠雅驯，尚能述其始末，姑存之以备考。"此文撰于成化十七年六月，距今已有五百多年了。文中对多宝寺的沿革、地理、面积等多有述备，是不可多得的史料。

多宝寺石幢记

（清·佚名）

华阳县东门五里许，有墟名多宝禅林。按宣律师《感通记》谓迦叶佛时，人皆修长粗大，寿二万岁。益州曾为西海，都于青城。幸地主鳖灵辟峡，而瀛洲沧波始为桑田，龙渊虎穴，悉成都会矣。而沃野干旋，沙水恬静，厥为兹寺。寺址向东，似仙人仰卧；崇山眠伏，若象王驮宝。

大唐显庆间，有千岁宝掌结茅于兹，今窣堵依然无恙。又一大法师道因者，濮阳人也。寓东都大慈寺，偕玄奘师翻译梵本，义皎理精，若日星耀天，江河行地，都中盛举，无不□然。复乃旋蜀，憩于多宝，见院宇凋残，构怀专事营缉，仍以九部微言安于多宝。嘉名遐播，遂简宸衷，乃纡天绋。迄明甲申灰劫之后，墟畴荒凉，人烟疏香。

自我朝定鼎，圣祖仁恩浩荡，拔诸水火，而人物休安，太平有象矣。自康熙二十九年，幸逢百城着航海而来，跋芙蓉之美，睹青城之隆，坦然乐云水之乡，忽感绅士里人扳留，焚修多宝，遂尔解囊，住锡苦行坚修数十年，栉风沐雨，始得香台复举，大振宗风，缁俗忻仰，遐迩欢腾，蔓延五叶之芳，续集双林之旨，庶祀世之芳规伟业，显揭于当代，故述其所有，以继将来，使今之视昔，犹后之视今也。雍正十一年癸丑八月二十四日。

【注】见嘉庆二十一年（1816）《华阳县志》。

多宝寺双石幢记

（清·潘时彤）

锦城之东十里许，有寺曰多宝古刹也。山涧萦纡，林麓幽静，俨然别有洞天。曩予侍先君谒祖墓，过之往来，恒憩焉。因得周览上方，遍咨遗老，欲溯寺之从来，杳不可得。惟前京兆尹顾密斋先生手题联额犹存，后诵先生多宝寺十咏，其序亦云，未审何年建置，以是耿耿于怀者久之。

乙亥夏，邑侯董朴园先生不弃简陋，令劝修志之役，于是遐稽古迹，博采遗文，举向之湮没不彰者，胥籍以显而于寺，不无遗憾。一日省墓，还又憩于寺。散步后圃，有屋数椽，半就倾圮，中肖释子像，遂披荆榛，扫尘坌，见石幢二，峙龛左右，一镌《佛顶尊胜陀罗尼咒》，一镌《妙法莲华经》，以梵语不之省继念，幢面壁处，或有异视之，于左幢得文数十行，叙寺始末，甚悉乃成化间释子量撰。于右幢得文三百余字，所言与前合，盖国朝雍正间物也。惜不着姓氏，读竟喜甚，亟录以归夫。

寺之建自唐，迄今几何年矣。其间，卓锡则有禅师宝掌，藏经则有法师道因。他若金头陀之建解院，住持量之植竹柏，与夫百城上人之修举废坠，遗塔岿然，均可传诸奕祀，乃志乘不载，耆旧无闻，迟之久而后着，岂前之人秘而不宣耶，抑后之人忽而不察耶。不然物之隐见，固有其时，殆莫之为而为者耶。

昔密斋先生尝欲偕二三同人，泛舟溪上，觞酒赋诗，俾得与合江回澜诸胜迹媲美于东郊。予先君亦以松楸密迩，每欲考寺之源流，勒诸石皆不果，今幸稽所由始表而出之，固乡先达之素心也。又予先君之凤愿也。既登其文于邑志，复虑后此日久，并所谓石幢者，亦无存焉。爰述其粗略，如此而为之记。时嘉庆二十年岁次，旃蒙大渊献皋月二十一日也。

【作者】潘时彤，字紫垣。华阳（今四川成都）人。嘉庆九年（1804）举人。

【注】见民国二十三年（1934）《华阳县志·艺文》。此文撰于嘉庆二十年（1815），记述了潘时彤受华阳县令董淳指示，纂修《华阳县志》一事。于是，他遐稽古迹，博采遗文，在省墓之日偶然发现了这块多宝寺双石幢。

多宝寺

（清·潘时彤）

其一

宝掌何年此结茅，岿然古刹峙东郊。

青围塔院山当户，碧绕经楼水满坳。

鹤去已无松百尺，蝉多犹有竹千梢。

百城航海传灯后，惆怅何人更打包。

其二

渡佛桥边一径阴，偶因展墓憩禅林。

村童满塾僧寮阔，野老敲门梵宇深。

幸尔双碑留古迹，更谁十咏继清吟。

当年杖履从游处，回首松楸泪满襟。

【注】时势易也，当年的古迹今已渺然。多宝寺已片瓦不见，渡佛桥也野渡无存。

多宝寺十咏

（清·顾汝修）

其一

城东迤北寺门高，郁郁松杉隔市嚣。
春水平田经十里，往来车马未多劳。

其二

乔木修篁匝四围，禅房荫满日光稀。
钟声欲向黄昏起，逋客贪凉犹未归。

其三

黄云被野报西成，瑟瑟凉飔度梵声。
双桂参天香满室，小亭枯坐悟无生。

其四

叶落林疏四望周，遥岑点雪玉搔头。
霜威不冻汶江水，一脉清泉自在流。

城東逸北寺門高　鬱鬱松杉隔市囂　春水平山綠
十里往來車馬未多勞

喬木修篁匝四圍　廂房蔭滿日光稀　鐘聲欲向黃
昏起通客貪涼猶未歸

黃雲被野報西成　瑟瑟涼蜃度梵聲　樓柱參天喬

顧汝修

昏後猶自忠魂泣主知
多寶寺十咏

曾向平山兩度遊廣陵佳勝半人謀本來面目咨
親見夾岸平蕪寂寞秋

暮靄朝煙鎮石橋經佛號過山椒遊人自立澄
潭上望見奚童牛背招

莫因華髮姊流年載酒來遊泛畫船芳負一灣寒
碧水蘭橈雙下聳吟肩

謁昭烈帝武侯祠森古柏已難求明良千古同
聊向錦官城外遊

乾隆辛巳恩科四川大學士寅恩錫澳南

滿室小亭枯坐悟無生
葉落林疏四壁周遙岑點雪攝頭霜威不凍浚
江水一脈清泉自在流

溶溶溪光西北來東行曲折遶前隄法王宮在帶
闉裏覽勝寧無作癿才

派疏駟馬入江流三里中灌木樹兒有坡陀州
起伏鴛溪似山水觀溪邊徙倚得閒身可憐十載富

垂老猶於山水觀
春洽無復羊裘把釣人

▲ 多宝寺十咏　〔清〕吴巩、董淳修《华阳县志》卷
三十九，清嘉庆二十一刻本

其五

溶漾溪光西北来，东行曲折绕前隈。

法王宫在带围里，览胜宁无作赋才。

其六

派疏驷马入江流，三十里中灌木稠。

况有坡坨相起伏，鹅溪写去也深幽。

其七

垂老犹于山水亲，溪边徙倚得闲身。

可怜千载富春渚，无复羊裘把钓人。

其八

曾向平山两度游，广陵佳胜半人谋。

本来面目吾亲见，夹岸平芜寂寞秋。

其九

暮霭朝烟锁石桥，经声佛号过山椒。

游人自立澄潭上，望见奚童牛背招。

其十

莫因华发妒年华，载酒来游泛画船。

肯负一湾寒碧水，兰桡双下耸吟肩。

144

诗文成华＼

SHI
WEN
CHENG
HUA

【作者】顾汝修（1708—1792），字息存，号密斋，资州人，历官翰林院编修、御史、顺天府尹、大理寺少卿，官至正一品。晚年致力于教育事业，出任四川锦江书院山长。其精通宋儒理学、金石、诗词、书法等，传世著作丰富，是我国历史上影响深远的政治家、外交家、教育家和诗人。

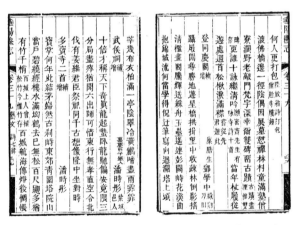

▲ 清·潘时彤 《多宝寺》 ［清］吴巩、董淳修《华阳县志》卷三十九，清嘉庆二十一刻本

【注】潘时彤的《多宝寺双石幢记》撰于嘉庆二十年（1815），文中记述顾汝修偕二三同人，泛舟溪上，觞酒赋诗。此《多宝寺十咏》即为当时所作。"城东迤北寺门高，郁郁松杉隔市嚣"，二百年前的多宝寺植被繁茂、相对偏僻。

多宝寺塔院梁铭

（清·佚名）

海印发光，悟真永昌。

寂常心性，戒定慧香。

佛声克果，祖道联芳。

双桂荣野，一苇渡江。

禅观固远，五叶悠长。

【注】原注：康熙四十年辛巳仲春，即1701年。

龙潭寺诗文

　　龙潭寺，历史悠久。相传三国时期某年六月，蜀汉皇帝刘备之子刘禅路过此地，因天气炎热，便到一水池里沐浴。后刘禅称帝，人们便称此池为"龙潭"。龙潭右侧有一寺庙，因该潭而得名龙潭寺。龙潭寺是"东山五场"之首，也是东山客家人的传统聚居区，这里90%以上的人都是"湖广填四川"时迁移至此的客家人后代，他们讲着有别于四川方言的客家话。历史上的龙潭寺，辖区也曾包括今新都的石板滩、木兰镇等。

嗣孙桂制七绝二首以赞之

（清·林廷桂）

其一

谋后入川画计余，不辞道险与峰斜。

堪称水锦开基祖，十里龙潭第一家。

其二

高桥里半祖佳城，水护山朝地势生。

龙真脉秀穴显翠，子孙时代受丰荣。

　　【作者】林廷桂。据龙潭寺街道林兴元、林正国等提供的民国

二十六年（1937）《林氏族谱》载：四世孙林廷桂公题诗《嗣孙桂制
七绝二首以赞之（德华公）》。

迁居锦城

（清·左锡嘉）

僻居龙潭洼，未敢嫌湫隘。黄芦环宅生，孤松郁翠盖。及时督
耕稼，除蔓理兰蕙。疗渴引廉泉，苦饥摘甘柰。女工导纺绩，儿课
形荒废。空结三迁愿，忧心积烦瘰。亲故劳讯问，倚马柴门外。何
以荐嘉客，麦饭杂荠薤。眷言有别业，终岁敛薄税。外庑堪延师，
内舍备中馈。择吉促移徙，轻车不盈载。风雨不足虑，诸孤或有
赖。上堂别兄嫂，犹子牵衣袂。草木如有情，妇孺怀爱戴。行行复
徘徊，暮山落空翠。

【作者】左锡嘉（1831—1894），清代女画家。字韵卿，一字小
云，又字浣芬，嫠居后易字冰如，阳湖（今江苏常州）人。工诗善
绘，学恽寿平没骨画法。咸丰间夫亡，作《孤舟回蜀图》，为时所
称，与其姐左锡蕙、左锡璇并称"左家三才女"。其夫曾咏为华阳县
龙潭寺（今为新都区门坎坡）人。

【注】"僻居龙潭洼，未敢嫌湫隘"。清代的龙潭寺，与今天大
不相同。湫隘，指低下狭小。子不嫌母丑，狗不嫌家贫，虽然家乡地
僻狭小，但永不让人嫌弃。

148

诗文成华＼

SHI
WEN
CHENG
HUA

▲ 左锡嘉传　民国二十三年《华阳县志》

摘豆词

（清·左锡嘉）

斜日满柴扉，南山隐翠微。

露香棚袅袅，云静叶依依。

拂袖残花落，倾筐早荚肥。

摘鲜供晚食，何事感苗稀。

【注】此为左锡嘉在龙潭寺老家从事农事活动时所作，与陶渊明的"采菊东篱下，悠然见南山"有异曲同工之妙。

田家十二月乐词（选六）

（清·左锡嘉）

正月

斗柄南指交新春，土牛送寒迎芒神。

上堂置酒盘荐辛，韭芽椒角错杂陈。

小麦油油土香润，烟苗三耘花含信。

剪灯乘隙课儿书，刀尺声寒泪频扷。

三月

苇箔蚕眠光簇簇，鸡鸣箴管严结束。露微茫，陌上桑。稚子援枝上，幼女为提筐。湿烟青青叶未长，曲植遵行剪刀响。归来晓窗侍阿母，阿母屡问蚕饥否？

四月

菖蒲交交青且长，残红零粉流水香。炊烟不断罗酒浆，西畴南亩分新秧。阿翁曳杖验水口，阿姑抚孙内堂守。妇职主中馈，儿童供奔走。书卷长闲谁继后，燕剪莺梭织杨柳。

五月

绿蒲抽丝织团扇，芭蕉叶大豆延蔓。井泉飞花衣自浣，水车隆隆卷匹练。艾虎彩胜飘香屑，织葛初成叠轻雪。倦蝶飞琐琐，隔叶榴如火。芳塘水阔花片堕，莲子同心苦怜我。

八月

疏枝青垂垂，鸣蜩抱木悲。秋水照空明，芙蓉变色红葳蕤。社鼓声中荐新谷，堂前舅姑呼祝福。亲丁满前七十馀，今岁丰收三百斛。

九月

曲糵自制酝新酿，络纬缲啼豆棚上。夜深敲石试温凉，糟床香浓酒波涨。野菊可明目，采之奉二老。金精驻绿液，服之长寿考。雅子导孝悌，幼女斗工巧。寒风凄凄指尖绕，九月寒衣尚潦倒。

乡居

（清·左锡嘉）

茅茨泥四壁，梁柱缺结构。瓢饮岂堪忧，穷巷敢云陋？量纸补残篇，牵萝缀屋漏。遗经授孤儿，识字严句读。画粥思古贤，刻苦企成就。蚕月料桑柘，谷雨验麦豆。曲堰榛棘肥，瘠土禾稼瘦。怡情涧泉鸣，聒耳村妪垢。导之以礼让，了不识左右。积习闵难化，愁心缊百皱。

【注】此组诗抒写在龙潭寺的乡居生活。尽管条件艰苦，但大家闺秀左锡嘉，居陋室、采桑麻、孝舅姑、课儿女，苦中作乐。最终其儿女都有所成，此为后话。

返北乡旧宅

（清·左锡嘉）

行行临古渡，流水见情长。
绿树认归路，青山还旧乡。
诸姑留置酒，犹子笑牵裳。
欲别转惆怅，柴扉满夕阳。

返北乡遇雨

（清·左锡嘉）

七月七日返北乡，新秋幽旷清且凉。修芦细苇动风色，豆花灿烂延篱墙。倏忽云垂丽若注，肩舆兀兀如乘航。疾雷飞电助熛怒，湿烟滃起笼坡塘。树头山脚寻旧路，舆夫颠仆浑如盲。遥迹灯光到村舍，儿童笑语争扶将。登堂肃拜道契阔，少妇厨下岁酒浆。伯叔苍苍须发白，病瘘病足颜青黄。淫雨为灾愁欲绝，咸来争告空仓箱。侧身仰天发长叹，强颜欢笑各尽觞。安得姜被覆千古，雍雍羽翼无分张。聊将吉语慰迟暮，满座悾惚神凄惶。箴规谆谆教犹子，无亏根本家乃昌。愧我孤儿未成立，空结心愿何时偿。檐溜潺湲三得夜，坐愁行叹时彷徨。诸儿嗷嗷日相待，重言告别还草堂。泥行卅里人力乏，水深没胫行褰裳。奉行故人官道傍，心如皎月情兴长。感今话旧意无限，隔帘雨气飘大香。殷勤留款不忍别，无如尘累纷如芒。冲风冒雨赋归去，桥梁水涨何汪洋。归来稚子迎且报，墙颓屋漏仓无梁。古来贫困皆一辙，比邻杜老同行藏。卖珠易粲日

152

诗文成华、

SHI
WEN
CHENG
HUA

不给，诸孤听我言周行。细述所见声泪咽，伯叔衰老形羸尪。同根生枝有荣悴，敢谓天地私风霜。人生显达不足贵，五伦大义为提纲。儿曹日新继父志，门内恩义毋相忘。莫作愁霖作甘雨，克忠竭孝答彼苍。

【注】以上二首均是左锡嘉迁居城南后，再次回到原居北乡之时所作。龙潭寺位于城南之北，故名北乡。

龙潭乡学碑序

（清·朱云焕）

盖观于乡，而知王道之易易也。锦城东北二十里许有乡焉，曰龙潭。壤腴而沃，俗勤而朴，野处而不昵其秀，少习心安，不见异物而迁焉。教者不肃而成，学者不劳而能。成人有德，小子有造，誉髦斯士，兹乡固人文渊薮乎。

我国家圣圣相承，重熙累洽，渐摩陶淑，涵育熏蒸。莪则菁菁，棫则芃芃。虽在井垣坤域，亦炳灵于江汉，毓秀于华岷。而多士济济，不遗于遐陬僻壤，于戏盛哉。

自三代教法寝备，五家为比，五比为闾，闾有塾，八岁入焉，比长闾胥训之；四闾为族，五族为党，党有庠，十有五岁自塾升庠，党正训之；五党为州，州有序，自庠升序，州长序之；五州为乡，乡有校，自序升校，乡大夫训之以三物：一知仁圣义中和为德；二孝友睦姻任恤为行；三礼乐射御书数为艺。德行为贤，艺为能。三年大比，大夫书贤者能者而登之，入国学。

兹龙潭乡学，亦即仿成周之遗意云，当其事者，犹虑未能垂之久，因于嘉庆丁巳年（1797），奉邑大夫徐转奉方伯林，行学课，立学田，选浮屠，心玥通鉴居之。今辛酉（1801）孟秋朔稽于众，塑立文昌圣像，汇学者父兄名泐于石。自时厥后，每季春季秋，仿月令入学，习舞吹之旧，而课八股，艺五言试律焉。至祭祀、奖赏需，皆出自学田租息。凡碑中刊刻名姓之弟侄子孙，入思乐则赐之花彩，登贤能则照以计偕，作育人材。颂鸾旗而大小从公，歌鹿鸣而笙琴将币，是以塾党序校之乐事也。因以鼓吹盛世，昭圣天子，鸢飞鱼跃，作人之雅化。此非仅同里之荣，抑亦邦家之光焉。故其相与以有成，而幸龙潭乡学，文风之炳耀，盖观于乡，而知王道之易易也。

【作者】朱云焕，字霞堂，湖北江陵人。乾隆辛卯（1771）举人，曾任四川永宁县令。

【注】光绪十八年（1892）《华阳县志·艺文》载："龙潭寺，治东北城外二十里，寺内有龙潭，故名。蜀汉时建，历代屡有修葺。国朝乾隆三十年（1765）重修。邑令徐念高兴义学于此，朱云焕有碑记。"民国《华阳县志》记载："龙潭乡学为乡学之最早而成绩最优者……光绪之季，改设学校，一皆废止，款亦并入学校矣。"龙潭乡学发轫之后，华阳县的乡学义学多达三十余所。如嘉庆二十年（1815）得胜场的尚义乡塾、嘉庆二十二年（1817）的华阳义学、道光年间的白家场义学、光绪十一年（1885）的大面铺义学以及城内的惜字宫乡学、青莲巷乡学等。

154

诗文成华 \

SHI
WEN
CHENG
HUA

▲ 龙潭寺全图　成华区文联提供

欢喜庵诗

欢喜庵，始建年代不详，遗址在今成华区青龙街道将军碑社区。清末翰林大学士赵熙《蜀人志》中记载："城北凤凰山畔，有小庙曰欢喜庵，宅不足亩，殿不过三，内奉明洪武帝雄武将军刘喜偕其母三品诰命徐氏老安人金身二座，有年老庙祝一人住持。盖因孝行感于乡人，其香火省明足充大刹昭觉。"欢喜庵为成都府出古川陕古道的第二个驿站。

锦城竹枝词

（清·六对山人）

欢喜庵前欢喜团，春郊买食百忧宽。

村醪戏比金生丽，偏有多人醉脚盘。

【作者】杨燮，字对山，号六对山人，成都人。乾隆时出生，嘉庆六年（1801）举人，曾官县教谕。能诗文，有《树茶轩存稿》。作于嘉庆八年（1803）的《锦城竹枝词》，脍炙人口，流誉遐迩。

【注】四川成都一带有小吃，以炒米作团，用线穿之，或大或小，各色点染，名曰"欢喜团"。旧时，在成都北门外至欢喜庵一路摆卖。

过欢喜庵

（清·葛芸）

快赋惭非宋玉才，长亭一望一徘徊。

南山积翠临城近，北涧遥光泻浪回。

荆棘不当车马道，榆烟将变旧炉灰。

停车日晚荐萍藻，岩畔古碑空绿苔。

【作者】葛芸，四川温江人，曾从征西海有功。

学射山诗文

　　学射山，古山名，又名斛石山、星宿山、升仙山、威凤山，即今凤凰山，是古代成都北郊的名胜。其得名有两种说法：一说北宋范镇《仲元龙图兄邀游学射》诗注："学射山者，以刘主禅于此学射，故名。"据《资治通鉴》载，唐僖宗光启三年（887），王建攻陈敬瑄，"败汉州刺史张顼于绵竹，遂拔汉州，进军学射山"，即此；另说又名"斛石山"，见《太平寰宇记》。宋代的学射山既是官民习射场所，又是春游胜地。

斛石山书事

（唐·薛涛）

王家山水画图中，意思都卢粉墨容。

今日忽登虚境望，步摇冠翠一千峰。

　　【作者】薛涛（768？—832），字洪度，长安（今陕西西安）人。幼年随父流寓成都，八九岁能诗，十六岁入乐籍，终身未嫁。后定居浣花溪。薛涛姿容美艳，性敏慧，通晓音律，多才艺，声名倾动一时。

　　【注】斛石山：《太平寰宇记》："学射山一名斛石山，在县北十五里。"即今成都市郊外的凤凰山。这首诗写斛石山景色清奇，胜

158

诗文成华 ＼

*SHI
WEN
CHENG
HUA*

过图画，构思精巧，引人入胜。"王家"二句写图画不如实境。王家即唐代诗人王维，能诗善画，苏轼赞美他"诗中有画，画中有诗"。都卢，张相《诗词曲语辞汇释》："薛涛《斛石山书事》诗'意思都卢粉墨容'，此犹云不过。"

斛石山晓望寄吕侍御

（唐·薛涛）

曦轮初转照仙扃，旋擘烟岚上窅冥。
不得玄晖同指点，天涯苍翠漫青青。

威凤秋猎

（唐·佚名）

雷霆声势压刀弓，学射山边烧影红。
木落秋高盘健马，一年一度壮心雄。

【注】旧时有"成都十景"之说，如青羊春市、花溪凉阴、昭觉晓钟、威凤秋猎等。

仲远龙图见邀学射之游先寄五十六言

（宋·范镇）

几年魂梦寄西州，春晚归逢学射游。

十里香风尘不动，半山晴日雨初收。

指㧑武弁呈飞骑，次第红妆数胜筹。

夹道绮罗瞻望处，管弦旌旆拥遨头。

三月一日府宴学射山

（宋·陆游）

北出升仙路少东，据鞍自笑老从戎。

百年身世酣歌里，千古功名感慨中。

天远仅分山仿佛，雾收初见日曈昽。

横空我欲江湖去，谁借泠然御寇风。

学射道中感事

（宋·陆游）

学射山前宿雨收，篮舆咿轧自生愁。

得闲何惜倾家酿，渐老真须秉烛游。

道废尚书犹乞米，时来校尉亦封侯。

自怜白首能豪在，车辙何因遍九州？

【注】《陆游全集校注》言，此诗淳熙三年（1176）六月作于成都。

游学射观次壁间诗韵

〔宋·陆游〕

走遍人间鬓尚青，尔来乐事满余龄。

傍潭秋爽锄甘菊，登岳春暄采茯苓。

闲倚松萝论剑术，静临窗几勘丹经。

严光本是逃名者，安用天文动客星。

【注】《陆游全集校注》言，此诗淳熙三年（1176）六月作于成都。学射观，《嘉庆四川通志》卷三十八《舆地志·寺观一》："成都县通真观，在县北十里学射山。晋孝武时，张伯子于此飞升。"按文同《学射山仙祠记》，通真观即学射观也。

游学射山遇景道人

〔宋·陆游〕

肩舆适青郊，飞屐登翠麓。余霜未泫瓦，晨日初挂木。

推门觅黄冠，避客似奔鹿。虽无与晤语，清坐意亦足。

岂知逢此士，旷度超世俗。欣然同一笑，齿颊粲冰玉。

探囊赠奇草，甘香胜苣菊。试临清镜照，衰颜森已绿。

出门恣幽讨，老仙有遗躅，丹灶虽已空，药丸遍山谷。

嗟予迫迟暮，冠盖厌追逐，结茅远人境，此计亦已熟。

若人真我友，玉字当共读。客来不知处，鸡犬望云屋。

【注】按《陆游全集校注》言，此诗淳熙三年（1176）六月作于成都。

感旧绝句七首（之四）

（宋·陆游）

十月新霜兔正肥，佳人骏马去如飞。

纤腰袅袅戎衣窄，学射山前看打围。

【注】按《陆游全集校注》言，此组诗淳熙七年（1180）四月作于抚州。诗人回想起在成都的初冬时节，在学射山围猎的情形。

次韵苏寀游学射山

（宋·赵抃）

锦川风俗喜时平，上巳家家出郡城。

射圃人稠喧画鼓，龙湫波净照红旌。

迎真昔诧登天虎，命侣今闻出谷莺。

勉为远民同乐事，使台仍是得贤明。

【作者】赵抃（1008—1084），字阅道，号知非子，衢州西安（今属浙江衢州）人，北宋名臣。元丰七年（1084）卒，年七十七。追赠太子少师，谥号清献。著有《赵清献公集》。

【注】宋英宗治平元年（1064），诗人以龙图阁直学士知成都

府。神宗时，再任成都知府。赵抃治蜀期间，多与人诗作唱和，尤多次韵诗。苏寀，字公佐，磁州滏阳（今河北磁县）人。长于刑名，曾官益州路刑狱。期间二人有诗作唱和，惜苏寀不存。"勉为远民同乐事，使台仍是得贤明"，与欧阳修《醉翁亭记》之"太守之乐"有异曲同工之妙。

九日宴射

（宋·宋祁）

佳节凭高驻采旗，亭皋雾罢转晨曦。

珊间羽集号猿后，台外尘飞戏马时。

芳菊治疴争泛蕊，丹萸解恶遍传枝。

明年此会知何处，醉玉颓山不用辞。

【作者】 宋祁（998—1061），字子京，小字选郎。祖籍安州安陆（今属湖北）。北宋官员，著名文学家、史学家、词人。司空宋庠之弟，二人并有文名，时称"二宋"。诗词语言工丽，因《玉楼春》词中有"红杏枝头春意闹"句，世称"红杏尚书"。

【注】 此诗描写了宋代官民郊游学射山的情景。

寒食游学射山

（宋·杨甲）

疾风吹沙天茫茫，日落未落原野黄。山空无人石碌碌，路长马饥石啮足。荒台古林翳云族，何人刳岩缚层屋。当时万骑填山谷，至今拾宝多遗镞。故国山川愁远目，人世悲欢风雨速。凌高举酒天为魇，手攀岩树叩云木。何人唱我凄凉曲，兴亡一眼冥冥绿。野水平芜飞雁鹜。

【作者】杨甲（约1110—1184），字嗣清，四川遂宁人。进士第五。宋代著名地理学家、文学家。杨甲有弟兄五人，互为师友，皆以人品孝行著称。

三月三日登学射山

（宋·田况）

丽日照芳春，良会重元已。阳滨修祓除，华林程射技。所尚或不同，兹俗亦足喜。门外盛车徒，山半列廛市。彩堋飞镝远，醉席歌声起。回头望城郭，烟蔼相表里。秀色满郊原，遥景落川涘。目倦意犹远，思馀情未已。登高贵能赋，感物畅幽旨。宜哉贤大夫，由斯见材美。

【作者】田况（1005—1063），字符均，信都（今河北冀县）人。宋仁宗天圣年间（1023—1031）进士。累官枢密使，以疾罢为尚书右丞，以太子少傅致仕，卒谥宣简。有《儒林公议》，事见《临川集》卷九一《田公墓志铭》，《宋史》卷二九二有传。

学射山相传蜀后主刘禅习射于此因以得名有感二作

（宋·何耕）

修明国政保关山，岂在驰驱纵送间。

空使流人登剑阁，向风长喟笑慵孱。

又

苦无雄略但儿嬉，尚想山头学射时。

忽报阴平鱼贯入，可怜一镞不能施。

【作者】何耕（1127—1183），字道夫，号怡庵，汉州绵竹（今属四川德阳）人。宋高宗绍兴十七年（1147）四川类试第一。累擢嘉州守，有惠政，与何逢原、孙松寿、宋诲号"四循良"。孝宗淳熙（1174—1189）中历户部郎中、国子祭酒，出知潼川府。著作存《蕙庵诗稿》一卷。

【注】后一首诗对蜀汉后主无雄略、荒嬉学射而被邓艾偷袭阴平道，一镞未施放弃抵抗之事进行了讽刺。

成都书事百韵（节选）

（宋·薛田）

支机显绰名堪录，题柱芬芳事莫捐。李特锋芒徒恃险，张仪规画自持颠。鹰扬事业成悠久，乌合奸雄败转旋。漫向鼎分澄霸道，却当龟化验都廛。强贪楚灭悲倾辙，广洽尧询喜慕膻。侧弁猖狂抛玉斝，

归鞍酩酊坠金钿。氛埃屏息云常覆，稼穑繁滋泽磨愆。睿圣宵衣垂乃
眷，贵臣驰驱每传宣。石牛迈路加歆飨，江渎隆区助洁蠲。避暑亭台
珍箪设，纵闲池沼钓丝牵。遮蛮带砺长能固，捍蜀金汤远益坚。何武
甲科曾继踵，严遵卜兆罕差肩。雠书竞印诸家集，博识咸修百氏笺。
纸碓暮春临岸沪，水樽春注截河壖。华严像阁凉堪爱，净众松溪僻可
怜。学射崔嵬横罨霭，放生宽广媚漪涟。

【作者】薛田，字希稷。河中河东（今山西永济）人，少师种
放，与魏野友善。第进士。历著作佐郎、监察御史，累迁侍御史、益
州路转运使。以民间私行"交子"而为富家所告，数致争讼，请置交
子务以榷其出入，未报。及寇瑊守益州，方奏用其议，蜀人便之。官
至右谏议大夫，知延、同州，徙永兴军，未行卒。著有《河汾集》。

学射山仙祠记

（宋·文同）

龙图阁直学士赵公抃，治平二年夏四月，被诏守蜀。明年春三月
上巳，来游学射山，主民乐也。

故事有张伯子者，尝居此学道，以是日成，得上帝诏，驾赤文于
苑，蔼云衢、胝天阙以去，尔后凡其时，两蜀之人，如以戒令约，不
赴而有所诛责者，奔走会其上，诣通真观，祷其神，从道士受秘箓以
归，一年祸福，率指此日，惰与恭之所招致也，自昔语如此，人益起
信，逮今远近以期而至者，愈无鞅数。

成都燕集，用一春为常，三日不修，已云远甚，然各有定处。

惟此山之会最极盛矣。太守与其属，候城以出，钟鼓旗旆，绵三十里无少缺。都人士女，被珠贝，服缯锦，藻缋岩麓，映照原野。浩如翻江，华如凝霞，上下立列，穷极繁丽。徜徉徙倚，直暮而入。

公既至，喜游人之沓，然复爱其地，距城不一舍，而孤岭横出，夷陆景气殊旷绝，但谓宫室独与物不比称。明日召知县事李君弼，贤语之曰：此隶治下载谱籍，实号胜处，而模矩制量，诸不如所说，奈何议其咎，不将属之于守宰欤。予与君其欲对人不愧中，在谋其完矣。遂授之宜，所以当然者，君曰：诺。公所命弼贤，能为之。乃调匠度材，悉以良法。不烦公，不伤私，未逾时而已云事毕矣。为三清殿，为张先生祠堂，为道宫斋馆，为燕宇便室，与凡所以可为之事者，一一无不有。亡虑三十楹，开哙延连辉显华旷，兀于云际，动于林表，诚栖真秘，厦而合宴之佳观也。自是日有来者，嗟颂顾瞩聚吻而谈。曰：此地不知化为榛墟者凡几年，一日为贤者所经虑，芟旧而揭新之，讵偶然耶？岂神灵所居不可废，待其人而后俾兴之耶？不然何历岁兹久，而无一有所问者耶？盍延其传，以附于地志宜矣。公因使文同为之纪，其犊四年正月初五日记。

【作者】文同（1018—1079），字与可，号笑笑居士、笑笑先生，人称石室先生。梓州梓潼郡永泰县（今四川盐亭）人。著名画家、诗人。他与苏轼是表兄弟，以学名世，擅诗文书画，深为文彦博、司马光等人赞许，尤受其从表弟苏轼敬重。

【注】治平二年（1065）夏四月，赵抃镇蜀。次年上巳日，赵抃率士民游学射山，文同为之纪。

多娇

（明·刘玉）

成都路总管张廷瑞，有一歌姬，词色俱美，年十九而卒。张甚哀之，葬于城北石斛山下。

至正间，以省试事，士人并集。时值暮春，天气和风送暖，丽色牵人，汶川秀才穆敬之厌于嚣纷，将为浴沂之游。从散花楼下出北门，登诸葛武侯读书台，又北走十余里，徘徊久之，见相近烟翠中一座山，秀才复行数里，乃是石斛山也。

山下重楼大厦，似一富人之室，门掩一扉，一女子傍扉而立，且吟曰：

十日春阴一日晴，春来犹觉晓寒轻。

萧条病骨残花瘦，次第闲愁蔓草生。

映户新波平野沼，倚楼山色绕墙阴。

东风早晚持樽酒，去听横塘杨柳莺。

又吟一绝曰：

倚门悬望续弦胶，彩庭棋子懒将敲。

春愁何自莺频唤，海棠亭畔杏花梢。

秀才听之，心揣其风情雅致，非娼家之女，必孀居之妇，故有"续弦胶"之句。于是从往窥焉。其女欣然有就生之意，生亦以言挑之，两情遂合。

生诘其姓氏族里，女曰："妾张幕府之爱女也。小字多娇，幕府去官时，以道路沮塞，留妾嫁于此山之富人。不幸富人半世而徂，家计伶仃，使妾无持门之托。际此风景，少年中能禁落花流水之念乎？

168

诗文成华

SHI
WEN
CHENG
HUA

是以倚门而望，寄之吟诗也。郎官至此，得非天赐乎？"遂握生手与之同行，延入后堂，但见馐馔绝精，弦歌簇拥，女浓妆以酒劝生曰："今夕愿与君结百年之好。"

生避席曰："敬之知书之士，夫人孀居之妇，无媒妁而私会，其如国法何？况糟糠在室，父母未命，总曲成之，乌得以此身久事夫人乎？"

女曰："荒山中岂问媒妁，有亲与妻，待成之，复有处也。"

生辞不得已，相与成礼，引生周历屋宇，指其彩庭曰："此月心绿紫蕊绳所结也。"指其石围处曰："此藏形窝也。"指其寝曰："此息蠹之室也。"指其寝前案曰："此逍遥几也。"指其库曰："此白杵藏也。"指其隙地曰："此无为园也。"

复置酒与生尽欢，凡再宿，生别去，以古桐琴遗之，约数日再会，女以手中所执桐花凤扇赠生，又口占一绝赠送之。云：

临行折柳送吾郎，北往南飞两可伤。

眉叶腰条君取去，情重丘山切莫忘。

生遂南归。及他日再往，无复所见，唯草间一冢而已。兵荒间形骸暴露，所谓庭者兔丝与藤所结也，窝则磺也，寝则棺也，几则棺前石案也，曰逍遥者消魂之意。生触目感伤，乃悟是鬼，涕然而别。

【作者】刘玉，字咸栗，江西万安人。于天文、地理、兵制、刑律皆有论著。卒于嘉靖六年（1527）。隆庆（1567—1572）初，赠刑部尚书，谥"端毅"。著有笔记小说《已疟编》。

【注】刘玉《已疟编》真是一部明代成都版的聊斋故事。

磨盘山诗

成都磨盘山，在成华区白莲池街道，离城约五公里，"2·16"革命烈士、抗战空军烈士及贺炳炎将军、邓锡侯、李劼人、张秀熟等知名人士安息在此，被誉为"成都的八宝山"。

三月廿九日成都磨盘山公葬公祭空军烈士哀辞

（民国·顾佛影）

古人捍海今捍空，倭儿毒焰来云中。咸俞楼船不足用，救国是赖飞英雄。敌巢初袭东海东，奋撞与奥谁糜躬。快心一击廿六架，武昌城下摧秋蓬。以牙还牙眼还眼，四年苦战支奇穷。人间有史此神迹，卵竟敌石蝇驱蜂。然而一以当百百抵万，岂免劲羽伤雕弓。忠魂毅魄例不灭，腾为紫电飘为虹。虹飞电挈照尘世，应见马鬣增新封。魏巍华表镌勋业，赫赫祠宇昭仪容。成都花木春葱茏，锦江水石鸣玎琮。青山妥骨记今日，旌旗冠盖纷相从。两庑钟鼓一为奠，阶前俎豆千秋供。白头翁媪避堂奥，有泪如缰沾枯筇。麻衣幼妇更断肠，孤儿在怀声喁喁。维为主帅人中龙，抚棺亦复悲填胸。曰尔诸将正年少，何乃赍志莫遂眠幽丛。从来猛士国所宝，丧我肘臂将毋同。一杯酹地香烟秋，万山突兀生悲风。若有神兮求空蒙，吁嗟乎神若来兮归尔宫。试看明年抗战收全功。

170

诗文成华

SHI
WEN
CHENG
HUA

　　【作者】顾佛影（1901—1955），原名宪融，别号大漠诗人、红梵精舍主人，上海人。才思敏捷，诗文词曲造诣均深。曾任职商务印书馆及中央书店。抗战期间避居四川，任大学教授。著有《文字学》《大漠呼声》《红梵精舍女弟子集》《大漠诗人集》，杂剧及传奇《还朝别》《酖忠记》等。

　　【注】据万仁元、方庆秋、王奇生编《中国抗日战争大辞典》记载1943年3月14日，日本空军以零式驱逐机12架进袭成都。中国空军第5支队以E-15飞机31架升空迎战，经30分钟激战，击落日军飞机6架。中国空军大队长黄新瑞以下4人阵亡。原载《民族诗坛》1943年第五卷第二期。

猛追湾诗词

在成都城东，有一条名叫府河（今名锦江）的河流，自西北而来，画了半个圆弧，猛然一折，径直向南流去。这河湾就是猛追湾。其得名有三，一说湾急水猛，大有"后浪追前浪"之势，故名。一说昔日农人在此敞放牲畜，常见猪妈妈偕崽拱食，故名"母猪湾"，文人因其不雅，遂改名猛追湾。一说明末张献忠屠戮成都，民怨沸腾。一日张献忠东出迎晖门显摆，被大慈寺僧兵发现，奋起出击，张仓皇逃遁，僧兵紧追不舍，大败贼兵，故名。而今，湾旁三百三十九米的电视塔高耸，是成都的一座地标性建筑。

秋日与友人过猛追湾

（民国·天厂）

淡然碧水远涵天，极目湾头几树烟。

断送繁华秋不管，萧疏黄叶晚风前。

【作者】天厂，原名吴性栽（1904—1979），字鑫斋，笔名槛外人，浙江绍兴人，电影事业家。曾拍摄《采茶女》《苦学生》等片。

【注】原载1931年《师亮随刊》第三辑。相比20世纪30年代的猛追湾，可谓换了人间。

成都巷战竹枝词

（民国·王霜菊）

宏开战线猛追湾，迫击开花最野蛮。

声震全城惊破胆，许多健将不生还。

【作者】王霜菊，毕业于四川省立女子师范学校，历任彭县延秀女校、成都淑行女校教授，著有《霜菊诗集》。

【注】民国六年（1917），成都发生川军驱逐滇军的巷战。1932年，二刘（军阀刘湘、刘文辉）成都巷战，猛追湾一带再遭兵祸。时有竹枝词云："城东挖个大坑坑，尸首条条赤膊身。一枕共和长梦梦，国民民国坑死人。"又云："最新惨剧武成门，雉堞淋淋摄有痕。吸尽民膏还剩血，杜鹃啼到月黄昏。"

猛追湾

（当代·凌朝汉）

猛追湾急水回旋，芦岸风花舞影翩。

逐浪沙鸥真自在，秋天光景胜春天。

【作者】凌朝汉（1919—？），幼时上私塾，少年时期就读于成都大成中学、蜀华高中。抗战爆发后立志救国，考入黄埔军校十四期。毕业后曾在成都立达中学、成都南熏中学、成都协进中学、华西协和高中等校任军事教官。1956年加入成都市劳动力调配站做普工，

1963年奉调成都市建供应公司做洗石工，自号"洗石"，著有《洗石集》。

八声甘州·猛追湾

（当代·陈孟仁）

出东郊，迤逦任驱驰，东风舞杨枝。谁能记当年事，方战争时：城郭烽烟对垒，白骨尽成堆。此地当冲要，日夕"猛追"。　往事如尘已渺，喜河山解放，万象光辉。正从头建设，万马疾如飞。遍郊原，星罗棋布，拥千家，工厂甚崔嵬。今来日，应高歌"猛进"，共乐春晖。

【作者】陈孟仁（1901—1967），字志中，别署成斋，晚号六三先生，四川忠县人。平生酷爱于诗词楹联，尤精于词学，着有《成斋词稿》。

【注】20世纪五六十年代，作者重游猛追湾，抚今思昔，感慨万千，于是用民歌手法，提笔写下这首明白晓畅的《八声甘州·猛追湾》。上阕痛忆军阀混战给成都带来巨大灾难，下阕写建国后的猛追湾，工厂林立，是一派欣欣向荣的景象。此词采取对比的手法，将新旧猛追湾的不同面貌进行对比，热情讴歌成都东郊建设的成就。

猛追湾咏叹

（当代·詹曙光）

娉婷蒲柳猛追湾，隔雨楼头拂翠环。

岸上依稀曾作客，桥边冷落自含潸。

荒郊草泽俱忘却，清水人家不等闲。

十里长堤红映绿，江风奇石画斑斓。

【作者】詹曙光，1936年生，四川资阳人。1956至1996年在四川大学化学系读书及任教，高级工程师，成都诗词楹联学会理事、编委。有诗词楹联作品散见于国内报刊。

沙河诗词

　　"沙河"古称升仙水、凤凰水，为自然河流，"沙河"之称始自元、明两代。沙河和府河、南河都是流经成都市的主要河道，被称为"成都三河"，属岷江水系，南宋时期有明确的记载。沙河起于成都市北郊洞子口，向东南流约3公里又分洗瓦堰、砖头堰，经驷马桥向东、穿越东郊腹地，后逐渐转向西南，于南郊返回府河。全长22.223公里，成华区境内约18公里。

自题履错集赠胡清童

（当代·秦鸿）

升仙桥下古流水，曾罥台城雨万丝。
融雪毡棚落冰挂，夜深瓦响过猫儿。

　　【作者】秦鸿，丁未年（1967）生，江苏泰州人，著有《履错集》。

　　【注】罥，意为捕捉鸟兽的网。魏晋无名氏《思亲操》有句："设罥张置兮，思我父母力耕。"此处当为收集、网罗之意。

江南春·咏沙河

（当代·黄常纬）

真快矣，治沙河！千年流水远，陈迹岸边多。人文风景留传说，开发排污莺燕歌。

【作者】黄常纬，1930年生，四川成都人，祖籍荣昌。1950年参军，抗美援朝荣立战功。1956年沈阳高射炮校毕业，曾任军事教员等职。中华诗词学会会员。

沙河畔热电厂搬迁

（当代·佚名）

沙河东去水流急，半百电厂将熄。故乡东边人道是，蓉城明珠称奇。岁月如画，几代主人挥洒。去旧迎新，且看金堂大发。

【注】作于2006年。成都热电厂始建于1953年，是西南地区第一座高温高压热电厂，为东郊企业的电能供给立下了不朽功勋。2006年迁往金堂。

锦堂春慢·成都沙河

（当代·李朝今）

新世工程，西川胜境。沙河作秀蓉城，沉睡初醒，千娇百媚情生。曲曲小溪流翠，万绿怀抱江亭。望琼花瑞草，活水公园，云祥轻盈。　　北湖清澄妖艳，看林荫雅径，三洞桥横。麻石区，塔山顶，波碧滢滢。更是东湖美景，植玉兰，杨柳垂青。喜趁春潮滚滚，歌唱今天，不负卿卿。

【作者】李朝今，1924年生，重庆忠县人，中华诗词学会、中国楹联学会会员，《成都诗词》副主编。撰有《春晚堂诗集》《白桥词集》等。

【注】该词作于2002年3月30日。原注云："沙河长22公里，综合整治工程拟建六大景区：北湖景区、水保林区、三洞桥区、麻石桥区、塔子山区、东湖景区。竣工后，沙河美景胜府南。"

客家诗文

　　历史上，客家人曾经历五次大规模的迁徙，其中前三次都可以称之为"衣冠南渡"，这三次迁徙，形成了今天的客家民系。明末清初，张献忠在成都大肆屠杀毁城，这就是历史上有名的"张献忠屠四川"。当时成都是断墙残壁，千里无人。清政府为开发四川，特鼓励外省人移民川省。再加之闽粤等省客家人口激增而土地资源有限，于是，朝廷政策鼓励与民众脱困需求两个因素的叠加，致使大批客家人从大本营向四川迁移，此即历史上的"湖广填四川"。而在成都成华区的龙潭寺、青龙场、保和场等地就聚居着大量的客家人，其家谱中也保留下许多关于祖先迁徙的诗文。

龙潭寺张氏族谱记载诗

肯构堂公赞咏

长爱鸡山山水清，当时曾费几经营。
维耕维读贻谋远，以俭以勤着训明。
自昔风尘驱粤蜀，而今衣食页生成。
还须俎豆年年进，饮水思源勤至情。
　　　　　——处士曾孙行芳蜀拟

粤地烦珠实可忧，挈家都向蜀川由。
连遭大故肠线裂，遍历长途志不休。
简邑寓居多怅望，鸡山创业善营谋。
建祠修墓□明妥，孝友芳徽万古留。
　　　　　——岁进士曾孙滋芳恭撰

跋涉关河路几千，长辞东粤入西川。
沿途菽水双亲旅，老况萧条二弟联。
十载得安堂肯地，三迁始置子孙田。
艰难关历贻谋远，百代馨香为几筵。
　　　　　——成邑文生元孙鸣皋恭撰

182

诗文成华

SHI
WEN
CHENG
HUA

高饶西蜀避龙开，春露花浓着意忙。

敬收椿萱又隆老，怜爱荆树数枝香。

昌元三载情雄遂，简邑连年苦备尝。

创业鸡山耕稼乐，芳巍万代仰祠堂。

——成邑庠生元孙羽独恭撰

辞粤入川万里程，年将半百付迁英。

春残黔省萱花老，路历江洲椿树倾。

偕弟三迁心力瘁，买田八载智谋深。

寿增花甲多遗训，德及儿孙读与耕。

——华邑庠生元孙清铿恭撰

溯来长乐是源流，千里携家到益州。

喜挹春光辉祖馆，悲深萱草谢荒丘。

隆昌耕稼难如意，简邑侨后始有秋。

业创鸡山田百亩，于今永远绍箕裘。

——华邑庠生裔孙维翰恭撰

其一

创业维艰自古然，贻谋深远仗公贤。

时逢旱魃延东粤，装促征车赴蜀川。

筚路肖倏洵半载，鸡山卜筑已三迁。

流传血食千秋远，报德迂思进豆笾。

其二

世居粤地条遭荒，因向春风促远装。

四十六年肩重任，六千余里步他乡。

椿萱继谢挥双泪，棠棣连阴共一堂。

入川租地经三徙，号创难山永发祥。

——华邑父生元孙文彬恭撰

【注】《张氏族谱》由龙潭寺光明社区客家人张桢喜（原院山中学教师）、张亮（双林小学教师）父子提供。肯构公，名大柱，龙潭寺张氏入川始祖。

龙潭寺林氏族谱记载诗

嗣孙桂赞二韵以铭其（厚崇公）德

（清·林廷桂）

耕读传家数十年，椿萱不月继归天。

田留七百今加莚，蒙祖遗恩富贵全。

侄孙桂制一七绝以志其（厚坤公）功

（清·林廷桂）

引弟从亲上蜀州，艰辛创业院山头。

田园数百凭公手，侄感勤劳世不休。

嗣孙桂咏七律以述其（昌玉公）生平

（清·林廷桂）

公为人勤直刚正，前三十余年，经读书教学，后三十余年经营家计，买田数百亩，真可谓有守有为之令祖也。

潜心数载练茅斋，竟把经纶地内埋。

白首堂中嗟薄命，青丝阃里叹分钗。

可怜文字归他手，空令子孙忆祖怀。

寿数苍天能再锡，而今冠冕拜金阶。

嗣孙桂赞四韵以记其志节

（清·林廷桂）

青年令祖早归阴，廿二冰霜守惘忱。
训子勤俭兼父道，抚孙慈惠秉婆心。
桑田裕后连阡陌，节义光前冠古今。
未受荣华王母诏，空悲莫福仰徽音。

【注】组诗出自龙潭寺街道林兴元、林正国等提供的民国二十六年（1937）《林氏族谱》。

清水沟范氏家谱记载诗文

对扬公赞

（清·朱云焕）

高平故叶茂姑苏，南海西川次第纡。

墨点灵光香瓣永，千秋常耀锦江图。

【注】范璧（1722—1787），字对扬，范端雅第四子，龙潭寺范氏家族的入川始祖。康熙六十一年（1722）二月出生于广东省长乐县横陂约泥坑甲增古塘寨。乾隆六年（1741）入川，乾隆十一年（1746）迁成都东郊龙潭寺一带，乾隆三十四年（1769）尊父端雅公遗命建成范氏宗祠，乾隆五十二（1787）年去世。

竹枝词

（清·六对山人）

多半祠堂是粤东，周钟邱叶白马冯。

杨曾廖赖家家有，冬至齐来拜祖公。

对扬公寿文

〔清·朱云焕〕

恭颂

大荣封范年太翁对扬大人祥开七帙志庆

懿闻画鹤东桑，梨冻验楡年之色，刻鸠西枣，桃酣裹梅月之精，星流飞入昴中，河游五老，霞泛吞从斗际，门化双瞳，故汉宫年引于桓荣。言宪忻传惇史，而洛谱嘉会乎潞国。甲龄乐叙诗章，岭僻颐高，紫芝荣谷，泉流种寿，黄菊飘潭，盖耆英不数睢阳，醉游西圃，况真率约同司马，暖爱中，欢累叶之端方，祝蟠根于忠恕，喧腾画锦，喜耀斑衣。

恭维

对翁年太先生老大人谱重陶唐，族高吴会，叔孙老系，先称不朽之三，别子分宗。后乐能推第一，远光有耀，熙宁派衍夫梅川，长发其祥。梁益辉联乎锦水，善钟人吉，秀毓时荣，熙洽和倪，万邦献举。惇庞惇固，七帙年开，人谓敛落书五福之畴，其难自古。我云备江郭三春之祝，为盛于斯。四十九年之知非，已过蘧贤二十载，四百四十之甲子，只追绛老三十余。粤蜀东西，回天有力，峤峨上下，迁地能良，陇畔耕耘，庞公乃遗安于后。桑间修植，逸少更分食于前，宰相同宏景之陶，尚书步白衣之郑。春秋享祀，仿依文正之田，袤益周通，绍述忠宣之麦，孝乎惟孝，则友其兄，慈止于慈，以燕翼子，从来识训子，固以义方，即有象贤，难言况秀。乃琪珪瓘玘，迥超四玉韩家，亦操献徽凝远迈五之王氏。星聚崔门之凤，月瞻卞宅之龙，芹青藻绿，已兆芳菲，桃碧槐黄，先征消息。矧桐孙十五，分宝树于谢庭，而桂叶千重，启芳林于郤苑，兼之群从济美，笙叶苹藁，亦复同室流馨，丰隆樌杞，门标青白已齐关内之杨。家种宝田，奚让城南之杜，可征吴郡开枝，又见华阳有范。芝兰入室，琼玖盈阶，墨账庆余，粥厨辉映，禧延流其未艾，德安土而能敦。节届长春，筵开令旦，凡叨蕙谱，偕介椿龄。某等素愧戴星深，忏瞻斗，敬采潘杨之誉，共闻桑梓之歌。前甲是尊，久为德门下拜，先庚有协，群因元礼登堂，洗墨淘笺，锦江制锦，敲金戛玉，花管生花，伏愿温共君子。

宗伯神仙，吐五色之明珠，冰融七宝，森六枝之秀草，馥散三云。环滕竚泥封，指顾龙章飞下，展颜欣日近，翱翔凤味衔来，许藕罗柑，不俟传之方外。陶公陆杞，乃知植我庭中，德笃仁山，寿添福海，谨词。清乾隆五十有五年，岁在上章阉茂春王二月，惟癸未䏌潜溪书院山长、原知叙永军粮府永宁县事团同知、直录达州年家弟江陵朱云焕霞堂氏顿首拜撰。

华阳范氏私立小学校记

（民国·范熹珍）

二十世纪二十年代，全国各省皆为军阀割据，时称防区制。祠校即范氏私立小学校就是在这种形势下诞生的。当时，战事频繁，军费来源就出诸田粮赋税和苛捐杂税，并进一步提庙产、会产、祠产拍卖，以供军需。

时下，我族先进人士纷纷起来办学，因为只有办学才能避免提拍祠产。当时族中长房育斋（克缵）叔，首先倡议办祠校，各房长辈有二房济源（克潮）叔、三房腴田（堉传）叔祖和得云（克青）叔、四房心德（仁传）叔祖、五房德容（克前）叔和有仓（珩珍）兄，纷纷附议。由是校董会成立。公选育斋叔、济源叔、得云叔、心德叔祖、德容叔等为校董，并推育斋叔为董事长。

民国十七年冬，聘请甸臣（克雾）伯为校长。定于次年春季始业，招收初级四班。教师在各房中选聘，计有子君（儒传）叔祖、家父明轩（克炯）、锦波（纹珍）兄、天池（塘珍）兄、玉冰（洁珍）兄等。民国十九年仍为四班，连续两年初小毕业，就无法再读。因此在民国二十年又报请四川省教育厅批准立案，增设高级一班，增聘祥占（兆珍）兄、宝潜（照珍）兄。

民国二十一年增设六年级。不幸是年秋，董事长育斋叔逝世。一波未平，一波又起。九月十八日夜，族中坏分子勾结惯匪，拉走老师明轩和学生四十名，分关在金堂匪窝，达四十天之久。华阳县政府和隆兴场区署不闻不问。董事会立即采取紧急措施，开会决议，将校产是年租谷全部卖光，又各方借贷，凑足大洋七千元，派员送交土匪，师生才获得自由。至是学校经费全无，只有停办。董事会得云叔坚决不答应停办。立邀地方士绅，筹集三千元田园会一局，是冬（民国二十一年）在龙潭寺下街买叶氏祠堂（今派出所）铺面两间，赓即修理教室六班，准于翌年春季开学。第二年，德容叔将田园首会三千元借给祠校，又添一间铺面做厨房。后二年，又添购师生寝室。以后陆续购买叶氏堂屋和米市坝附近房屋和空坝，增修教室两栋四间，小小体育场一个，学校才初具规模。又增聘河滨兄、道从伍等到校任教，从此学校声誉大振。学生逐年递增。每期达六百名以上，中低年级每班一百四五十人。教师尽皆辛苦、认真。学生升学成绩均超公办学生水平。

民国二十四年，甸老退休，由祥占兄继任校长，先后增聘希廉、希真、炳南、秉经。民国三十三年，祥占兄因公离职，由仲康任校长，三十五年由树三任校长。教师又在外姓中选聘林助、王成儒、胥怀静、魏得明、杨寿长等。民国三十八年春，庆祝祠校办学二十周年纪念，历届毕业生数百名返校庆祝，赠送匾对锦旗，真是人才济济，会集一堂。是年冬，成都解放，树三兄辞去校长职务，校长一职即由熹珍继任。后，报请华阳县人民政府批准，祠校遂和本乡中心小学合并。祠校自创办达解放二十年，毕业学班十八班，学生在千名以上，升读在重点中学者颇不乏人，在大专院校深造者都在百名以上。解放初期，工作在各机关单位，各行各业者，都有范小之学生。二十年来，对地方、对国家培养众多人才。育斋叔、得云叔和历任校长、教师，都有不可磨灭的功勋。兹值续谱良机，熹珍受教在祠校六年，祠校教书十年，对于祠校前后史实，较为清楚，特简写校史于家谱之末，以志不忘云。

【作者】范熹珍，龙潭寺范氏族人。曾任华阳范氏私立小学校长。

东山客族风俗一瞥

（当代·钟禄元）

"东山"是成都平原里华阳县属的一块丘陵地，她的南北直径四十公里，东西约二十五公里，约占华阳县全面积三分之一强，为华阳县属第一区直辖地，包括乡镇有隆兴镇、保和场、西河镇、得胜乡、三圣场、大面铺、仁和场、同兴场等乡镇。高于成都平原不过三十米到五十米左右，地质属黄土层，甚肥沃。主要农产品是谷子、玉蜀黍、大麦、小麦、大豆、高粱等，出产甚丰，海椒、芝麻尤为其特产。住在这块丘陵地上的人们，纯粹是客家人。"客家"这一个名词现在有许多的人也许不很了解，她是汉族中优秀的一支，在东方人类学上占据了重要的位置，英文叫Hakkas。凡是研究过人类学的都知道，而西方人研究得比我们更清楚。所以拜士克先生说："客家人是中华民族的精华，好比牛乳上的奶酪似的。"它肇基中原，即今伊洛一带地方，在上古和中古时期，她受文明的洗礼较国内各民族为早。后因两晋之际，五胡乱华，再及唐末、元初，曾作三次的民族大迁徙，所以江南诸省遍满了他们的足迹，尤以岭南山地（粤东北部）为客族的大本营。其苦干能力和冒险精神，为国内各民族所不及，所以每到一地方，往往为当地土著所嫉妒。在从前他们原是北方衣冠之族，门阀较高，土著称他们为客人，所以相沿至今，即称客族。在成都则普遍地称为"土广东"。只要步出成都东外牛市口，就可以听见那难懂的言语。

东山客族的来源，在当地望族如廖、范、钟、张各姓之族谱中，记载颇为详明；其入川动机，从族谱及其传说看来，不外三点：

一、前清雍乾间粤东连年灾荒。

二、明末张献忠残破四川后，田园荒芜，资源弃地。

三、仰慕巴蜀之富庶。所以在清初康雍乾间，客人由粤东陆陆续续地率眷西上，及到川后，又先后在川东南各县垦殖，继之再迁，始到蜀北，开基立业，及到现在，这儿肥沃的丘陵地所住居的人，百分之九十五以上都是由粤东迁来的。

　　客人到蜀已二百余年，聚族而居，少与四周汉人通婚，所以仍保持其原有的习俗。并且他们的迁徙，大抵以村落为单位，所以到东山区后，如龙潭寺的客人，大半由梅县五华迁来的，西河镇的客人十之八九都是兴宁人；他们从迢遥的岭南，不辞劳苦地来到这里，仍能同在一区一镇居住，真是一件不易的事，由此可看出客人的团结精神。我们只要走到客属地带以后，所得到的观感，除了语言以外，最显著的就算风俗了。据我所知道，客家人的风俗很淳朴的，如果用新一点名词，那么，他们便是新生活运动中的标准的民族。他们的优点很多，如像：

　　一、勤俭。客人是最好勤俭的一种民族，他们住居的地方通通是丘陵地；耕耘方面，较坝田所费的劳力多得多，但他们特别的耐苦，每天多是戴月披星地在田间工作，约两小时后早餐，一直做到夕阳西斜后，尚不肯休息，晚饭后还要做一二小时的工才睡眠。周年如一日，毫无偷闲的事；不是特穷人家如此，就是大户人家也是一样。而且无论是红颜娇女也好，或白首老翁也好，全多习于勤劳，像寄生虫似的坐食山空的人，极少看见。所以西人常说，"客人的忍耐力较一般汉人为强"。只要你到东山去走一趟，就可以说明这一句话是不错的。他们还有一种习惯就是不用洋货，不讲时髦，吃的是自己耕种的粮食，穿的是自织的粗布棉衣。若以他们的经济来说，尚属丰裕，他们不照顾银行，所有的积蓄，全交给宗族里组织的田园会，三千五千的数字不等。假如规定二千元的会，每年则缴六十元，但只缴八年，在十六年内可陆续取得，如无田产或其他契约作抵，待会毕时方可取出，这会组织规则极严，绝无中途崩溃的事情发生。

　　二、清洁。客人最讲究清洁，他们每天必洗澡，尤以衣裳穿得洁白为荣，如果他们一天不洗澡，两天不换衣，一定就要给人家骂为臭狗或猪了。每逢宴会或特别季节的日子，他们往往都爱穿新衣，这样才表示着是有能力的人。而他们的厨房，也极洁净，每当节日的前一二天多举行大扫除一次，这全是妇女的工作。"客人"因讲究卫生的关系，他们的身体是很壮的。同时他们尚有一种特性，就是爱好着白色的衣裳。当榴花如火，或梧桐落叶的前后，无论在三岔路旁，或十字街口，往往看见他们一群一群的素衣人川流不息着。从这里我们就可知道，他们是如何的爱好雅洁了。

　　三、建筑。客人的住房，是很坚实的建筑，所谓"二堂八厅，四横五井"，结构谨严，全不脱离，与普通四合式的建筑全不相同。屋子的内部四通八达，一连数十间，用土砖砌成，所以很坚固。屋顶上以盖陶瓦的居多，其次就是盖麦草，又高大，又整齐，壁上多涂洁白的石灰，每当旭日东升，或夕阳西斜的时候，假如你从远处遥望那丛林中的白屋，真是一幅美丽的图画，别有一番风味！他们的上堂屋是供神的地方，南北厅是宾客招待所，两边上下厅及横屋五间，是宿舍厨房，后两边上下厅及横屋五间，或作仓库，或作仆人的宿舍，或放器物等，晒坝两侧屋子，多供牛圈猪圈或厕所之用，大门两旁俱属花园，屋后为大林园，景致秀丽，飞鸟成群，一幢幢的都是精美的田舍。他们这种建筑，最适宜于大家庭的居住，因他们的传统政策是"耕读传家"，所以他们的经济基础多建筑在农村上，平均估计在八人以上的，占绝对多数。他们有两句俗话道："人多好耕田，人少好过年。"而他们这种建筑，既利居住，又便农作。他们的房屋虽多，而外面的门总是同时有两座门，一座大门和两座小门，这一点和别处疏疏落落的小家庭式的建筑颇不相同。

四、礼教。客人原是中州礼仪之邦的民族，他们一切都是唯礼是尚，对祖宗成法，尤为崇拜。观钟氏族谱的祖宗誓词云：

　　　山有来龙水有源，后代儿孙凭祖先。

　　　若然不认当雷打，象贤瓜瓞福绵绵。

从这些字句里反映出他们的重家法了。他们在家庭中一切均听命于家长，自幼时家长则教以怎样努力读书，怎样为人做事，怎样效法先贤，以及祖宗创业之艰巨等语以相勖勉，使幼辈有深切的了解。在纯客人的小学校里，那些小学生多半是彬彬有礼的，平时极少看见打架斗殴，或互相吵嚷的事情，只要你到东山去视察一下，立刻就可感觉到较普通一般的小学生富于礼让，这都是由于他们家庭教育甚严的关系。同时他们常有一种特性，就是爱墨守成法，如冠婚丧祭和日常生活的礼节，是很讲究，但大都与四周汉人的礼俗不相同。

五、妇女。客家人的妇女最劳苦莫过的，他们一般的体格都很健康，在未出阁时，读读书习习字，有时协助母亲烹饪，或学纺织，一天到晚忙个不休。待结婚时，有种礼节很特别的，男家到过礼那一天，由媒人送"严驾祖"到女家去，翌日又由媒人随花轿送回男家来。供"严驾祖"的用意，是监护新娘在途中可不致受其他一切精神上的刺激。这迷信，一贯奉行着。他们习惯了劳动，并不以为苦。所以客家妇女，刷洗了寻常一般妇女依赖的耻辱，他们不特别依靠丈夫，大都能独自经营家庭生活的，如穿衣，则自己种棉，自己纺织，自己制缝；食的问题，也是一样地解决，纯粹按着"自耕而食，自织而衣"而生活，再加上从事副产工作，如养鸡、鸭、鹅、蚕或喂兔、羊、猪等，每年的收入也非常可观。他们的经济，满可自给自足。清晨，旭日方升的时候，只要你到三家村去散散步，那机杼之声和弦歌之音，不绝于耳，令你在不知不觉中起了一种敬佩的心情！他们勤奋工作，常年如是，从未听见一句怨言。男子虽结了婚，并不见得增加若干负担，他们夫妇和谐，离婚事件从未听过，总是幸福地过着愉快的日子。

六、歌谣。前面曾经说过，客属是一个礼仪之族，这从什么可以看得出来呢？歌谣确是一个很好的材料。他们当在花月之前，或江边或田野，引吭高歌，一唱一和，词意双关，非常动听，而每一首歌词中，没有一句不是从心灵深处流露出忠孝、仁爱、信仪、和平、真率、诚恳、勤俭等的词句来，不怕他们是信口开河，却处处合乎自然的音节。现在笔者随抄客家俗歌数首，让读者自己去玩味吧！

劝孝顺歌：

桃花树，李花树，红红白白开无数，一番大雨一番风，千花万花一夜空，昨哺看花花正好，今哺看花只有草。细子大了大人老，孝顺爷娘要趁早。

劝友爱歌：

家务想顺遂，先要兄弟姊嫂能和气，阿哥惜老弟，年年有田卖。老弟敬阿哥，年年好事多。大嫂惜小郎，年年有钱长，小郎尊大嫂，年年赚元宝。弟兄和气家不分，代代都有好子孙。姊嫂和气家不败，子子孙孙福气大。

戒懒惰歌：

冬瓜花，南瓜花，花谢结成瓜。瓜大把钱卖，人大要勤快。有钱不勤会落荳①，冇②钱不勤冇食住。

劝妇人勤敏歌：

斑竹儿丫，慈竹丫，乡里大嫂会当家。日里做庄稼，夜晡纺棉花，又种豆子又种瓜，小菜种子一粑拉③。半夜才上床，下床天未光。蒸酒酒不酸，种菜菜又香，喂猪猪会肥，积谷谷满仓，煮饭不烧锅，挑水水满缸；家官家娘④冇酒菜，亲戚家门其会待，好酒好菜送外背，灶头锅尾不偷嘴，勤俭过日子，有柴又有米。天干年辰不带账，迎婚嫁娶有钱使。百斤担子挑得起，一日要走一百几。我问大嫂恁干快，因为脚板大。

劝小学生歌：

菜子开花满坝黄，细学生⑤子进学堂，一早就要去，天光就下床。读书趁年轻，莫话日子长。功名是小事，要学存天良。先要学礼逊，作揖要恭敬，走路莫乱窜，见人就要问，读书要发狠，读了就要认，读书把细听，写字要端正。第一讲善恶，第二讲报应。读书学好人。先要学孝顺。讲话识轻重，做事要谨慎。读书不能做好人，枉自中举点翰林。要识好人恁般做，先要善恶识得破。

劝小姑娘歌：

三月杨柳青又青，妹姐讲话莫大声。发狠做活路，做到二三更。

---

①　落荳，即落魄。
②　冇，即无也。
③　粑拉，即一大堆也。
④　家官家娘，即君翁君姑也。
⑤　细学生，即小学生也。

有事赶紧做，有食不要争。要听话，要孝道，爷娘面前莫拗暴。敬大嫂，敬阿哥，哥嫂有错莫挑唆。惜老妹，惜老弟，做大姐的不要歪。学绩麻，学纺棉，热天冷天有包缠。勤织布，勤喂蚕，后来行嫁有嫁奁。要干净，要伶俐，邋遢①袜带讨厌弃。坐要正，行要端，不是至亲莫乱；广东歌，要记倒，晓得善恶实在好。记得歌，当读书，免得人家话你像条猪。

劝唱广东小儿歌：

广东歌，莫嫌俗，广东人，要唱熟，唱熟识人情，当读劝世文。自家劝好了，又好劝别人。劝得世上好人多，齐家同唱太平歌。（按此广东人，即指客家人而言）。

客家人的山歌，真是多极了，这儿所举的，不过是一小部分，他们歌唱，全用客家方言，其音韵语词，与普通官韵全不相同，如"我"读"挨"，"儿"识"乃"，"挑"读"开"，"细"读"舍"等是。所以他们的山歌，我们听起来，真是别有风味！

【作者】钟禄元（1913—1988），原华阳县龙潭乡人。毕业于四川大学，四川省文史研究馆馆员，四川客家研究先行者，曾任成都四十九中语文教师。

---

① 邋遢，不洁之谓。

名胜楹联

200

诗文成华

SHI
WEN
CHENG
HUA

　　成都，是对联的发祥地。据《宋史·蜀世家》记载，五代后蜀主孟昶"每岁除夕，命学士为词，题桃符，置寝门左右。末年，学士辛寅逊撰词，昶以其非工，自命笔题云：'新年纳余庆　嘉节号长春'"。据说这是我国最早出现的一副春联。后来，历代文人将对联悬挂于楹柱之上，人们就把这种对偶文学叫做楹联。在公共建筑之楼台殿阁、私人建筑之府邸宅院的楹柱上，几乎都会有一幅隽永的楹联，它体现了一个地方、一个家族的文化底蕴。

▲ 范家祠　刘小葵摄　2017年

范家祠联

一

晋国大夫第；
宋朝宰相家。

二

晋乡隋会传文子；
宋朝忠宣绍魏公。
横批：文正家风

对扬公挽联

（清·朱云焕）

睦族独宗公辅记；
垂家谁撰子瞻碑。

昭觉寺联

昭觉寺北门联

（佚名）

定静慧大路一条，还须放开眼界；
贪嗔痴歧途三处，务要立住脚跟。

成都昭觉寺虔心亭联

（佚名）

遥望亭高分八角；
仰观路直绕双溪。

大雄宝殿联

（佚名）

一柱腾空，千载奇观，锦江春色来天地；
孤松抱石，六朝异景，巴蜀佛光照古今。

大雄宝殿联

（佚名）

昭觉是千年古刹，喜绀殿重光，无边春色来天地；
佛陀为三界导师，看慈云偏覆，丕振宗风自西南。

昭觉寺金刚殿联

（清·冀应熊）

寺对峨眉，远树千寻玉璧；
桥分锦水，长流万古云涛。

【作者】冀应熊（约1615—1685），字渭公，河南辉县人，顺治末为成都知府，好作擘窠大书，曾书"薛涛井""瑞莲池""昭觉寺""万里桥""大慈寺"等字刻石作匾。

挽成都昭觉寺圣清方丈联

（民国·贺衢亨）

按字授楞严，十七载愧我钝根，天花落到文章艳；
病瘿立昭觉，五百人哭师大德，佛果圆成觉定光。

【作者】贺衢亨，字清照，四川绵竹人，清光绪秀才。曾与李大钊交善，诗文俱佳。著有《秋水文存》《秋水诗集》，长于书画，成都昭觉寺、绵竹祥符寺均有其手笔。

昭觉寺圆悟国师墓联

（当代·赵朴初）

昭觉堂开应众机，草偃风行三十棒；
圆悟老来垂双手，叶落归根九百秋。

【注】圆悟国师墓，位于昭觉寺内，该墓为清雍正十二年（1734）之后所培修。

龙潭寺联

原龙潭寺土广东酒楼联

（当代·邱笑秋）

叭叶子烟品西蜀土味；
摆客家话温中原古音。

【作者】邱笑秋（1935—　），亦名丘壑，成都人。国家一级美术师，中国美术家协会会员。

大雄宝殿楹联

其一

四生慈父，无念无相无心住；
三界导师，大雄大力大慈悲。

其二

诸恶莫作，众善奉行，已了如来真实意；
四大本空，五蕴非有，是为波罗密多心。

其三

佛法道高龙虎伏；

缁门德重鬼神钦。

其四

法镜现慈云，观秋月春花，含将妙谛；

智灯悬宝座，听晨钟暮鼓，悟彻禅机。

其五

不染世法，如虚空成龙大菩提；

为利众生，而出现增长诸功德。

其六

老病死，一脚踢翻，身外有生皆寂灭；

去来今，两头看破，眼前无幻不归真。

圣灯寺联

大佛殿联

口笑岂无因，不断桃花流水；
袋空非有物，唯遗明月清风。

欢喜庵联

万里版开图，云栈星邮，往来下拜功臣像；
百蛮碑在口，渝歌賨舞，欢喜常在故旧思。

又

冠履肃丹楹，似丞相祠堂，柏郁森森承雨露；
声威通紫塞，忆将军幕府，旌扬熠熠壮风云。

【注】成都北门外欢喜庵奉德将军楞泰像，系乾隆金川凯旋时，诏士民所建。德楞泰（1749—1809），伍弥特氏，字惇堂，正黄旗蒙古人，清朝名将。

旁为得胜庵，即阿公（阿桂）祠，同时所建。联云：

缠井络以界坤维，天府奥区，皇极会归雄带砺；
控荆蛮而引秦陇，岩疆重任，臣心寅畏凛冰渊。

【注】见清梁章钜《楹联丛话》。清文祥著《蜀轺纪程》记载："咸丰四年（十月）廿七日……复行三十里至欢喜庵，谒本朝阿文成公祠，及德公（名）楞泰像（庙内有草名随手香）。"李思纯《成都史迹考》记载："成都专祠甚稀……阿桂平金川有功，奉旨于成都建

立专祠。阿祠在今大安门外之欢喜庵。其制皆极简，一楹一龛，附于寺庙。岁时祭享耳，今已荒废。"文祥（1818—1876），字博川，瓜尔佳氏，满洲正红旗人，道光二十五年（1845）进士。

210

诗文成华＼
SHI
WEN
CHENG
HUA

孙家祠联

马鬣书崇封，万壑松楸，春露秋霜增孝感；
蚕丛新启宇，一龛香火，晨钟暮鼓壮灵光。

【注】孙家祠，在成华区保和槐树店，为川军将领孙震家祠，1929年此地曾办树德第一小学。该建筑建于1926年，面积十余亩，为青砖、石料材质。祠先为孙氏花园，继为孙氏祖茔四座。祠有高大石碑坊，上书孙氏宗祠。今为成华区文物保护单位。

清风精舍联

流水画桥题柱客；
清风精舍读书人。

【注】杨学可，名敏，字学可，人号清风先生。博通经史，学识渊博。从事教书工作，很受读书人追捧，"执经座下者无虚日"。当时，有"蜀秀才"之称的蜀王、明太祖朱元璋第十一子朱椿"崇儒重道"，非常尊敬杨学可，敬仰其人品学问，认为他是读书人的榜样，"为国中士子矜式（楷模）"，不仅待他礼节周全，还赏赐他城北大安门外驷马桥北的不少田地。此联亦为朱椿所赠。

212

诗文成华＼

SHI
WEN
CHENG
HUA

客家宗祠联

龙潭寺张氏客家宗祠联

百忍图悬绵式榖；
两篇铭着重传薪。

华阳廖氏祠堂联

先代艰困勤稼穑；
后人承继重诗书。

教育诗词文

朱熹的《朱子语类》说：天不生孔子，万古长如夜。孔子以降，教育承载着着文化传承的使命。身处教育圈的人，如下面将提到在列五中学任过教师的朱山，就以他的传统文化功底，和文友唱和，营造了教育人的文化形象。而今人以辞赋等古代传统文体，为当代教育画像，目的是想用简约隽永、庄重典雅的文字和音韵协律、朗朗上口的词句，表达学校对教育发展的期许与寄托。

列五中学相关人物诗文

四川省成都列五中学，位于成都市成华区，是四川省首批重点中学、四川省一级示范性普通高中。学校源于1904年经清学部核准立案创建的叙府公立中学堂。1917年，更名为叙州联合县立旅省中学堂。1934年，更名为叙属联立旅省初级中学。1939年，更名为四川省立华阳中学。1944年，更名为四川省立列五中学。1994年，学校举行九十周年校庆，并更名为四川省成都列五中学。列五中学已有百余年历史。

1. 朱山诗词

朱山（1886—1912），字云石，又名昌时，江安人。幼奇慧，性敏过人，被誉为少年才子。1910年任《蜀报》主笔，加入同盟会。1912年任教叙府公立中学堂，为该校早期教师。同年11月牺牲。

216

诗文成华

SHI
WEN
CHENG
HUA

力阻秦封膽氣遒楊公忠節炳千秋舊揚罵賊常山舌齗送勤王信國頭蝸角
廉傾憐桂管虎鬚重搾痛梧州崑崙關上英靈在閃閃雲旗恨未休
不容強寇肆鯨吞涎戕戴明一脈存戎部孤忠瀟水遠崑崙大節泰山窪何當
剪紙招魂魄倘憶征袍濺血痕歷歷淪桑三百載嚴嚴猶峙故關門
朱山秋江一首
獨客正悠悠滄江入暮愁漫揮周頌淚還上仲宣樓酒夢花為病鄉心水不流
何人思遠道銀漢夜横秋
朱山感秋三首
眼中歷歷舊山河或慨多填海不嗔糟粕石河天空望魯陽戈飄搖
有室棲遲定少壯熊功老奈何我上孟津橋上望歸兒還唱柳婆娑

江安文教 卷下 四十七 一

▲ 朱山诗　民国十二年《江安县志》

哀韩亡四首

（民国·朱山）

一

流血当车出晚图，残棋一着已全输。

人间恶谥堪差死，亡国遄逃有大夫。

二

绝怜箕子惯为奴，遗姓垂垂堕劫馀。

昨日秋风断藤曲，黍离重迭遇殷墟。

三

葱葱王气歇芳华，陵树攀条远驻车。
犹恐家乡未归去，辽河南下种樱花。

四

云间孤唤雁声干，海水枯桑入岁寒。
不取红巾揾秋泪，素衣三日哭亡韩。

摸鱼儿·寄沧江

〔民国·朱山〕

　　好江山又来垂泪，青青不断生意。那边总是天低处，孤雁划江千里。人独去，看莽荡，阴风大野霾秋气。挂心柳树，把一片斜阳，乱丝缠紧，落下过平地。　　哀蝉语，叫出无穷苦趣。英雄错过交臂。桥头斩马陈同甫，只算草头名士。夫已氏，一任是，家俱弄到纤儿戏。蛾眉诟詈。何日采芙蓉，重来人面、憔悴照江水。

　　【注】原载《蜀报》第三期1910年9月18日（宣统二年八月十五日）。沧江，即夏寿田，湖南人，曾中清代榜眼。

感秋三首

（民国·朱山）

一

眼中历历旧山河，匹马临秋感慨多。

填海不衔精卫石，回天空望鲁阳戈。

飘摇有室栖难定，少壮无功老奈何。

我上孟津桥上望，虏儿还唱柳婆娑。

【注】鲁阳戈，鲁阳，周武王的部下。春秋时候，传说周武王率领诸侯讨伐殷纣王，旌旗飘扬，杀声四起，战斗非常激烈，周武王的部下鲁阳公愈战愈勇，敌人望风披靡，眼看天色已晚，鲁阳公举起长戈向日挥舞，吼声如雷，"日为之退三舍"，恢复了光明，终于全歼了敌军。挥戈可以让太阳都退却，后遂以"鲁阳戈"形容力挽危局的手段或力量，亦省作"鲁戈"。

二

莽莽秋阴见国门，草茅心事向谁论。

九歌湘水夫容泪，二月扬州豆蔻魂。

暮气逼来成黑暗，夕阳如此好黄昏。

闲时待访衣冠客，遇着桃花定有源。

三

酒侪诗伴好同归，已是前途雨雪时。

只合传闻契丹约，不辞还读庆元碑。

江南莺燕哀词客，塞北牛羊没健儿。

屈指英雄谁并世，楚萧声里意迟迟。

【注】庆元碑，即《公慕观开山修造记》，南宋王汝霖撰文。原文："凡灵治在广汉者九。而公慕之在什邡，叠□崇岩，耸秀特立，高不可穷其际，自有苏子玉真人飞升之所。观，依山趾立其下方，宫宇颓坏，其来已久。通直郎知绵竹县事魏良忠为杨村茶官日，命道士李淳然住持此山。遂能铢集寸累，鸠材修工，至于今，十有三年。为（建）九皇殿一，斋、厨、廊、庑、重楼、复阁，约三百余间。手植松柏，望之郁然。过者增敬，其有功于斯者甚大。"（按：此碑俗称庆元碑，现无存。）

苦浮雨

（民国·朱山）

秋霖十日泥淖车，点滴不住如乱麻。自上流脸下沾膝，湿衣重负挟臂鸦。客来大步踏苔滑，两足失地一手爬。起视屋漏看天隙，堂前积水生鱼虾。大者须动小脚拿，土墙独叫青虾蟆。今年白露开黄花，可怜田中新谷茅。君不见，阴云蔽城作秋气，八月成都苦浮雨。

【注】此诗发表于1911年《孔圣会星期报》第一百五十四期。浮雨也称霖雨、淫雨，即连绵大雨。《晏子春秋》中记载："景公之时，霖雨十有七日。"三国曹植《赠白马王彪》诗云："霖雨泥我

涂，流潦浩纵横。"朱山提笔写的这首《苦泞雨》诗，记录下成都1911年秋这场大雨。

赠马少卿

（民国·朱山）

一

上楼听雨下楼风，无语相看剑匣红。

如是我闻如佛说，孰为名士孰英雄。

最新诗草来身外，大好山川入梦中。

明日雪深知几许，趋庭随侍拜而翁。

二

两家年少日相闻，平等何知贵贱分。

肝胆向人差许我，聪明于世独输君。

杨修好友逢曹植，周处微时爱陆云。

努力前途歌舞地，瓣香心约待殷勤。

望江楼

（民国·朱山）

十里江平不见山，锦江留与美人传。

春前燕子离家客，门外东风上水船。

楼阁夜深铃自语，枇杷花谢草相怜。

年来惯写涛笺纸，不道朱山是少年。

闻道友将赴袁项城之约寄两绝止之

〔民国·朱山〕

天下几人论肝胆，一堂同学各西东。
招贤漫说佳公子，多是鸡鸣狗盗雄。

时势英雄劫劫磨，满天风雨国愁多。
那将万斛忧时泪，涨得潮流起爱河。

【注】袁项城，即袁世凯（1859—1916），字慰亭，号容庵，河南项城人，中国近代著名政治人物，北洋新军创始人。1916年1月1日复辟帝制登基。6月6日，袁世凯因尿毒症不治而亡，年五十七岁。

别妻马兰君

〔民国·朱山〕

去年谈笑握君手，地狱天堂两自由。
惟有人间留不得，一分颦笑见恩仇。

【注】马兰君，咸阳马王卿之女。1909年朱山与马兰君完婚于成都。此前朱山结识了淑行女子学校学生李毓，相互爱恋。时朱山过继

222

诗文成华
SHI
WEN
CHENG
HUA

叔父，兼祧两房，按旧俗可再娶一妻，经马兰君应允，朱山乃同李毓结婚。

别妻李毓

（民国·朱山）

换酒金钗买画钱，一楼苦趣普残篇。

娟娟好句堆灵阁，侬似西风向白莲。

【注】李毓（？—1957），字哲华，祖籍安徽。李毓为淑行女子学校高材生，清末民初四川女杰，四川女子保路同志会发起人。1957年病逝于湖北武汉。

别妹

（民国·朱山）

弱妹申申怒詈予，大雷岸上久无书。

爷娘死前惟依叔，此日哥哥似鹧鸪。

别女

（民国·朱山）

华嫦堕地蝶娜纤，一作缇萦一木兰。

女子将来参政好，阿爷生死重人权。

【注】诗中的"女"指朱涵珠（1911—2007），朱山与李毓之女。1931年入国立北平大学，1932年加入中国共产党。1937年与史良等在武汉发起成立中国战时儿童保育会，中华人民共和国成立后以爱国民主人士身份参与武汉市妇女儿童的保卫事业，任武汉市妇联福利部部长。2007年3月19日去世。

蜀中赠朱云石

（民国·刘师培）

劲弦无鸷羽，乔干无曲阴。之子挺明德，弱龄扬妙音。朝讴扶风章，夕披东武吟。宝剑七流星，白马千黄金。揽辔游侠场，回轩文雅林。凝飚结晨鬈，微霜变春岑。西南构闵多，丧乱天难谌。原挹滮池流，无俾樵薪煁。巴檄阆雾霜，卬车押钦釜。无为效蜀庄，垂帘矜冥湛。

【作者】刘师培（1884—1919），字申叔，号左庵。江苏仪征人。1903年结识章太炎、蔡元培等人。1917年为北京大学教授。1919年，与黄侃、朱希祖、马叙伦、梁漱溟等成立"国故月刊社"，成为国粹派。1919年11月20日因肺结核病逝于北京，年仅三十五岁。其主要著作有《文集》《中古文学史》《论文杂记》《左庵词》等七十四种，称《刘申叔先生遗书》。

送朱云石

（民国·马炳文）

眼帘直下双珠泪，滴向金尊望君醉。

醉后拈花却送行，愿花长在君衣袂。

君到前途多梦寐，此花此我同行未。

不见行人瘦几分，照君只有芙蓉水。

【作者】马炳文，字少丕。朱山好友，常与朱山诗词唱和。晚清《广益丛报》有其诗作。

2．悼张培爵诗联

张培爵（1876—1915），字列五，重庆荣昌人。中国民主革命先驱、辛亥革命元勋。1903年入四川省城成都高等学堂理科优级师范科。1904年创办叙府公立中学堂（今成都列五中学）。1906年加入同盟会，辛亥光复重庆，被举为蜀军政府都督。成渝合并后，任四川都督府副都督、民政长。1915年2月20日，张培爵遭袁世凯诱

▲ 张培爵戎装照　成都列五中学供图

捕，并被捏造为"血光团"暗杀集团之要员，掌握相关动态机要，当年4月17日被害于北平宛平，就义时年仅三十九岁。1934年南京国民政府颁令褒扬，追赠为烈士。20世纪40年代，为纪念张培爵，四川省政府将其创办的叙府公立中学堂更名为成都列五中学。

张培爵列五

（民国·杨庶堪）

纷纷党狱痛捐縻，驱房从君建义旗。

九死艰难唯一笑，世间无此好男儿。

【作者】杨庶堪（1881—1942），字沧白，晚号邠斋，四川巴县（今属重庆）人，中国近代民主革命家、辛亥革命元勋、孙中山先生的忠实追随者，孙中山革命事业最重要的助手之一。辛亥革命爆发后，杨庶堪与张培爵等领导了重庆辛亥起义。此后参加了护国、护法斗争，先后任四川省省长、中国国民党本部财政部长、中华民国军政府海陆军大元帅大本营秘书长、广东省省长、北京政府司法总长等要职。

哀张列五

（民国·任鸿隽）

我识列五心，未见列五面。旧历辛亥春，粤东首发难。

一击事不成，志士为京观。存者得生还，海隅各奔窜。

卷土期重来，雪恨待三战。西蜀多英俊，如君群中彦。

屡蹶志益坚，奋身劳敢惮。是年秋八月，义师起武汉。
一夕复三城，巴蜀遂臂断。乡人念桑梓，争路方糜烂。
议起苍头军，远纡父志惯。小子遑暇息，扁舟谒大汗。
朝食从骠卒，夕卧杂曹掾。夜阑方秉烛，一纸出中翰。
开缄眼忽明，独立布长屯。君名署纸尾，蜀都督印按。
固知豪杰士，乘时有胜算。屠伯据成都，负隅不可绊。
桓桓尹叔权，号召半楞贼。一鼓斩豪酋，势遂成对畴。
廉蔺岂相仇，范文甘后殿。已复归兵权，善政亲里闬。
长民亦不久，解绶来幽燕。身种东陵瓜，童织鹅溪绢。
杜门绝交游，谓可远世患。孰知仲子廉，翻遭亲故畔。
有客贸然来，高谈善谈赞。时时会酒食，愤世裂眦肝。
诈伪诚可疑，谢绝无乃慢。一朝共乘游，驱车适近县。
客袖出素缣，云是乃公谍。愿得闲暇时，为致易老情。
郢斤试一挥，光辉生藻绚。兹事固寻常，畴能疑囮擭。
执缣入怀中，未经劳重看。东行一何速，顷刻入县甸。
客忽蹶然起，汝乃谋作乱。汝身有左证，汝何能抵谰。
搜索得素缣，缣中皆凤谳。便捉官里去，铁铛入狴犴。
罗织遂成狱，更不待公判。可怜百夫良，遂随枪烟散。
闻君就义时，笑容蔼可见。若谓吾事毕，斯世何足恋。
又若咥新国，极功以杀篡。如君建树宏，何必得死晏。
所悲季世浊，不容一人善。大陆方哀沉，一死岂胜惋。
泚笔作此诗，将以遗史传。

【作者】任鸿隽（1886—1961），字叔永，四川垫江（今属重庆）人，祖籍浙江湖州。著名学者、科学家、教育家和思想家。中国近代科学奠基人和开拓者之一，曾任东南大学校长，也是辛亥革命元老，是孙中山先生的秘书之一。

【注】原注：张列五死后，京沪友人颇有以书来道其彼陷状者因次录其事，作此诗以哀之。

吊张列五都督诗一首

〔民国·郭君穆〕

嗟君辛苦运奇谋，白骨黄泉志未酬。

万里魂归华表鹤，千年明月照东鸥。

文山血骨藏燕市，翟义功名尽围州。

寄语西陵唐谢客，来滩风雪莫当楼。

【作者】郭君穆（1915—1994），字谐永，成都人，1936年毕业于国立四川大学，中华人民共和国成立后供职于成都无线电机械学校，1976年退休。是一位兼长中西文化，融汇古今文史的学者。

博浪行一首为张列五烈士作也

〔民国·郭君穆〕

张良世相韩，韩亡仗臣节。图期秦一椎，智勇诚决绝。天祸秦不中，仇雠亦已雪。壮士蹙苦心，问冠发为裂。殉国义勿反，人我并成血。咸阳销金据，胡于遗劲铁。无乃勤淬历，藏幽□土穴。娉慕得庆

228

诗文成华＼

SHI
WEN
CHENG
HUA

卿，密谋更庸泄。惜哉剑术竦，奇勋泡影灭。巽怯鲁句践，奚匹参优劣。晚李怵君权，议论崇诡谲。云何辱圮桥，能使刚气折。独送天下尊，托力兴庶孽。讵同流俗辈，侧媚趋炎热。啖躯娱口给，伏首乞容悦。逐物口口驱，耆功夷鼠窃。倏焉岁月迁，逝水沦鱼鳖。挥车涉易辽，两道口森埒。峨峨博浪沙，炎炎建隆碣。玄风蚀千载，变化沧桑阅。衡胆怀近轨，英灵望来哲。

挽张列五

（民国·蒋云凤）

矢志在椎秦，谁知博浪功虚，黄石未逢身已死；

昔年曾制蜀，聊拟益州画像，青山无恙我招魂。

【作者】蒋云凤（1883—1951），字仲翔，四川大竹县人。同盟会员。光绪二十八年（1902），以优廪生考取官费留学资格，毕业于日本早稻田大学师范科。回国后在上海中华书局任编校。译述欧洲各国政治及外交史书。宣统元年（1909）任四川通省师范学校绅班法政学堂教习。后历任教育局长、校长、视学，服务家乡教育。1951年病逝，年六十八岁。

挽张烈士列五

（民国·刘永年）

排满清为胜广合成渝，为平勃殉京畿，为黄花七十二贤，隔岁赋抿魂，回思煮酒纵谈，早断定当涂高原同枯骨。

论交情则管鲍共事业，则程周振党纲，则果汉三君八硕，横流悲沧海，可恨无人继起，屡欲将铁如意去碎唾壶。

【作者】刘永年，四川宜宾人，留日归国学生，在天津参加京津同盟会。中华民国的"青天白日满地红"国旗的图案，系刘奉孙中山总理之命所制绘。曾与张列五等参与反清武装斗争。

挽张列五先生

（民国·冯弼）

其生也荣，其死也哀，大丈夫惟能立名若不朽；
或拔以起，或挤以止，门弟子相向而哭皆失声。

【作者】冯弼，生平不详。选自《巴蜀英烈备征录》。

挽张列五周际平两烈士

（民国·李鼎禧）

帝孽幻风云，密布刊章，不少冤沉三字狱；
人情非木石，还征舆论，应容公建两贤祠。

【作者】李鼎禧，字峙青，四川长寿（今重庆长寿）人，清末岁贡生，同盟会会员，民国初期尝任蜀军政府文书局局长等。民国十七年（1928）与汤化培撰修《长寿县志》，是年石印，乃依旧志续修，纪事较略。

3. 悼郭书池联

郭书池（1856—1931），名祖楷，字书池，四川隆昌人。1902年在禹王宫创办知耻学堂（今隆昌二中），1905年在成都任叙府公立中学堂（今列五中学）监督（校长）。

挽郭书池联

（民国·刘汉模）

公算仙佛化身，孤标隽逸，七尺昂藏，创学兴功，范仲淹忧先天下。挂冠全孝，郭有道誉满寰中。卅龄事功高，已赢得芝兰蔚秀，桃李荫森，寿旦康强信罕俦。即今日幡幕遐飞，丁令鹤□弃尘凡，论及经济文章，定着贤名光蜀社。

我为国家痛哭，倭寇鸱张，着英发指，抗声诛贼，宗忠简三呼渡河。仗义摈秦，鲁仲连矢志填海。九边风雨急，遽坐致大厦分崩，老成愤死，邦之殄瘁□谁咎。纵后世江山无恙，屈子魂犹依故土，述到流征轶韵，宁堪回首忆开元。

【作者】刘汉模，民国文人，博学多才，而以对联最为工。其联作常载于20世纪30年代的《智囊》《蜀镜画报》等刊物。

当代教育辞赋

四十九中赋

（当代·林文询）

燕子啁啾，得意春雨。雏鹰蹀躞，神骛八极。人言世间功德无量事，首推修桥铺路兴教育。

西蜀自来膏腴地，文翁千载留胜迹，锦城荣华虽水土，人文昌盛亦肯綮。有道是，薪火者，文化；传承者，教育。千秋伟业展宏图，栋梁参天赖根基。

云烟渺，物华新，圣灯迷茫早无寺，校园葱茏起书声。看我四十九，已近而立之龄，恰与新时期同步，伴改革风前行。缤纷万株桃李，屈指三代园丁。明月清风常入怀，教育科研日日新。回眸处，山重水复，几多曲径，终不掩江流宛转，芳菲满林。

吾校也，诚非百年老校，亦非金字殿宇，然则先贤有云：山不在高，有仙则名；水不在深，有龙则灵。但有壮志，便可凌云；但有爱心，便可繁荣。审世代之势，重人文之本，荟萃名师则必成名校，辈出英才则自登极顶。

披襟临风且放歌：四十九，四十九，雄姿英发阔步走。头昂扬，更抖擞，云帆济海会有日，一览众山竞风流。

二〇〇五年秋撰于蓉城

232

诗文成华

SHI
WEN
CHENG
HUA

【作者】林文询，中国作协会员，著有长篇小说《白梦》《高原狼》《绝地浪漫》，中短篇小说集《美丽绸》《五彩夜》，散文随笔集《送你一束野荆》《寻找忧伤》《成都人》《岁月忧伤》《三鬼图幽默文丛》《成都表情》等。曾任教于成都四十九中。

树德小学赋

（当代·刘小葵　吕守藩）

天府沃野，华阳故国，自古多硕儒贤相；西岭雪峰，东山树影，从来照虎符龙光。中原酣战之年，几多黎庶成饿殍；锦水浣纱之季，一小书声透晴窗。树德为祠，祖荫无非一族；树德为庠，教化足达四乡。一而二，多宝寺继赖家店；三及四，簸箕街踵树德巷。义务办学，武人与文士竞怀；孩提精进，西蜀并齐鲁同光。文翁当有灵，论孟屐痕印闾巷；武训应无憾，田畴弦歌充行囊。

新城东，沧桑巨变；新跨越，脚步铿锵。吾侪多福，教育大纛舞炎夏；兹土有幸，树德小学续辉煌。八十一载风物，情牵耄耋学子；四千余坪校园，再闻芝兰芬芳。树即梧桐，引得来仪鸾凤；德则机杼，炫出锦绣文章。书卷乾坤大，仁德日月长。积跬步而致千里，累丝缕以成匹丈。出潭蛟龙，更喜沧海浩瀚；试翼鹰隼，何惧云天苍茫。赞曰：

薪火相传，化民兴邦；

树德广才，余音绕梁。

【作者】刘小葵，四川省散文学会会员、成都市作协会员，专注地方文史研究。吕守藩，四川省散文学会会员，善古文，工书法。

【注】1929年，国民革命军第二十九军副军长孙震在四川省成都市捐资创办树德义务学校，后改名为树德第一小学。2010年成华区重建树德小学。

石室青龙赋

（当代·阴世全）

青龙石室，璀璨黉宫。新建癸巳，秉承文翁。扎根天府输瑞气，执铎教坛起雄风。志存高远，领航巴山蜀水；勋见卓越，响震绛帐苍穹。求真务实，陶冶蒙童；育德树人，铸造先锋。博学笃行，毓精英之赤子；深思熟虑，启俊杰之圣聪。文脉与时添熠，薪传随世增红。经两千年浩月，弼士斐声海内外；塑几万棵青松，良工获誉国西东。莘莘学子来川邑，硕硕鸿儒聚国中。创一流兮示范，垂千载兮志功。

石室初中正应运而风生水起，青龙分校恰逢时而翅展途通。标教坛之典范，立庠序之玲珑；室堂皇而优雅，龙威武而从容。窗明几净，鸟语花香，封闭式教学，利仲昆天天业进；道阔场广，鸢飞狮舞，素质化培才，促师生日日羽丰。朝闻夕悟，醍醐灌顶兮开窍；晨吟昏诵，灵感撞扉兮亮童。马奔腾于碧野，鹰搏击于长空。得惠风之梳理，沐霖雨之导获。春华而成实，鱼跃而化龙。琢璞玉而臻瑰宝，雕象牙而悬彩虹。倡因材施教之特色，重以人为本之正宗。满园桃李蓬蓬勃勃，一校芝兰郁郁葱葱。美哉石室，壮哉青龙。

【作者】阴世全（1942—　），四川内江人，毕业于重庆师院，中学高级教师，四川省诗词协会、楹联学会、老年诗词创作研究会理事，《诗词四川》编委，《中国对联集成·内江卷》《中国诗词集成·内江卷》副主编、编委主任，内江市诗词楹联学会会长，著有《逍遥录》诗文选集。

华西中学百年铭

（当代·吴柯）

岷山巍巍，锦水汤汤。天府文明，源远流长。

新学肇始，华西合张。立人为本，毕启高庠。

坝苑毓秀，青春天堂。五四引领，桃李芬芳。

独立自由，笃笃提倡。科学民主，孜孜传扬。

风云起伏，抗日救亡。自强不息，报国儿郎。

学运高涨，迎接解放。开国鸿图，黉门达昌。

迁校青龙，奋进起航。非凡发展，历劫沧桑。

生机勃勃，改革开放。移址双建，润泽城乡。

三个面向，教育兴邦。百年建校，大观洋洋。

莘莘学子，未来之光。为民福祉，前途辉煌。

母校华西中学建校百年纪念

华西校友会中学支会敬献

华西协中三十八班，杨雄故里后学

吴柯敬撰并书　时年八十

二〇一一年十月十二日

【作者】吴柯（1932— ），原名吴逢科，四川郫县人，华西协和高级中学38班校友，1948年3月加入中共地下党外围组织"民主青年协会"，后在四川省长期从事文教卫生工作。

【注】华西中学，1908年由在成都的华英学堂（英）、华美学堂（美）和广益学堂（加）等三所教会学校在华西坝联合创办，最初名为"华西高等预备学堂"。1925年，改名为"华西协和中学校"，1936年更名为"私立华西协和高级中学校"。1951年，私立高琦初中并入该校，更名为"华西大学附中"，1953年定名为"成都十三中"，由华西坝原址迁入青龙街，2000年，学校迁建八里小区，更名为四川省成都华西中学。一百年来，该校培养了朱清时、邱蔚六、吴敬琏、陈志让、马明宇等众多杰出人才。

蜀兴赋

（当代·刘小葵）

蜀道跋涉兮，飞鸟难度；蒙昧启明兮，文翁化蜀。千载货殖巨贾伙，百工匠心大师出。君子不器，以道驭术。木牛流马，丞相奇技运粮秣；淘滩作堰，太守引水沃天府。长卿涤器传佳话，东坡烹肘颂千古。班墨双巧齐鲁，扬马并起成都。太阳神鸟，天工开物；西蜀什锦，机杼之母。蜀风遗韵，至今流布。

昔之师徒，授糊口技艺；今之职教，谋生涯道路。成都蜀兴，养文化意趣；恭谦学子，透儒雅风度。端坐棋艺坊，落子知黑白；

236

诗文成华、

SHI
WEN
CHENG
HUA

立身墨韵台，临池习甲骨。灯炫镭射，花式调酒品绚丽；细磨精制，拉花咖啡尝甘苦。蜻蜓点水，香飘八味盖碗茶；反弹琵琶，凤舞九天长嘴壶。不劳鸿雁万里，网络通信近咫尺；何须泛舟五湖，电子商务美陶朱。

看今朝学堂赤子，定他日职场翘楚。须记：艺不孤身，精专自有梧桐树；技亦载道，博雅更登大宏图。化古语云：

浮云浅，莫道遮望眼；蜀道难，也能上青天。

【注】蜀兴职中，是一所专门从事职业教育的中等职业技术学校。蜀兴职中以振兴四川、服务四川为历史使命，秉承"蜀风雅兴，创意生活"的办学理念，坚持"立于技、行于雅、乐于兴、成于德"的校训。

杨柳小学赋

（当代·刘小葵）

华阳故地，东山村寨。户户重耕读，家家植柳槐。马首瞻鸿儒，牛角挂书袋。耆老稚子，概莫能外。昔教化之风，绵延闾里；今杨柳小学，赓续前代。

杨柳修枝，妙在至柔；教育要义，美在真爱。二者贯穿一理，万物不出三才。威仪抑抑，孔臧柳赋第一篇；杨柳依依，采薇名句诗三百。佳木为校名，夫子曰言顺事成；学苑近要津，日夕闻裘轻马快。

一丝柳一寸柔情，三春晖三尺讲台。童心犹似柔柳，呵护更须和蔼。师道醇厚，吹面不寒杨柳风；教学相长，天光云影共徘徊。柳河东橐驼传，言种树天性无违；宋潜溪马生序，嘱读书精神弗怠。小扣柴扉，润物无声点顽石；应怜屐齿，经年不懈印苍苔。爱贵无痕，柳能蓊郁成荫；少贵立志，树自卓然成材。

照镜正衣帽，读史知兴衰。草木寄情深，秦松汉柏；江山多寂寥，隋柳唐槐。贯京杭而养翠，炀帝失德赖纤叶？筑苏堤以造福，东坡植绿赢拥戴。絮喻六出，谢道韫谓其玉洁；柳垂千缕，丰子恺慕其虚怀。抛却嗔气，羌笛何须怨杨柳；保持笃定，玉门处处春风来。万受摈弃，柳柳州壮志不更；屡遭黜落，柳耆卿痴心不改。

志向岂分长和幼，学科何论江与淮。钻天杨，拂风柳，刚柔相济；壮行酒，送别诗，文武兼爱。净瓶插柳，胸蕴慈悲心肠；百步穿杨，身怀霹雳能耐。垂杨倒拔，一身胆气驱聒噪；细柳营开，三军号令成边塞。

杨柳可当梧桐，千仞翱翔栖凤凰；庠序应似仙境，百花争妍做蓬莱。

【注】成都市杨柳小学，2004年由原成华区杨柳小学、大观堰小学重组合并成立。学校重视学生实践创新能力的培养，以"合格加特长"为目标。学生习作、舞蹈、科技作品等多次在区、市获奖，校田径队、足球队、篮球队多年在市、区各类比赛中名列前茅。

翰墨培华铭

（当代·刘小葵）

甲骨钟鼎，篆隶草行；张颠素狂，柳骨颜筋。淼淼长河，书法演进；泱泱中华，文明大成。以荻画地，少孤不辍者，欧阳永叔；临池学书，十八缸尽者，献之小圣；丰腴雄浑，凛然正气者，颜氏真卿。摹碑临帖，则神情无骛，顿挫之间有楷模；出锋敛锷，当正逆分明，人生之路自温醇。夫培华小学，培气养心，运笔立品，启智树魂。倡翰墨修身，赢九州岛盛名。是故，为勉后学，勒石为铭：

穷且益坚，天道酬勤；德在行先，剑胆琴心。

辛卯年夏撰于猛追湾

【注】成都市培华小学，创建于1959年，原为国营宏明无线电器材总厂学校，2000年7月正式成立。学校坚持"以生为本，全面发展"的教育理念，以"树美德、求真知、扬特长"为校训，突出书法办学特色，被授予"成都市书法教育实验校""全国书法示范学校"。

双水小学赋

（当代·刘小葵）

盛世兴教，古有文翁筑石室，今有双水设新坛。夫双水小学，落成于十五之际，崛起于垄亩之间，矗立于蓉城之北，翘首于沙河之畔。

查地理，知周边。遥知铁轨通成渝，远眺公路连川陕。琼楼玉宇，飞阁流丹。绿树成荫，碧草如烟。假山喷泉，墨苔点点；木樨玉兰，修竹翩翩。

校舍虽新建，志向存高远。秉文翁之惠泽，崇老子之遗篇。拳拳丹心系教育，和岁月同老；泱泱碧水蕴美德，与师生共勉。一代桃李梅，桃红绚烂，李花素雅，蜡梅幽香；三态固液气，冰雪晶莹，江海激荡，云霓舒卷。别具一番情致，传为千古美谈。

春雨无声，潜润万物；大海有容，尽纳百川。欲授清泉一碗，当储活水一潭。水生木，浇花应雨细风柔；水克火，诲人忌雷鸣电闪。园丁无私，不偏不倚谓之水平；滴水有恒，不屈不挠足以石穿。教无定法，因材而施教；水无常形，随器而方圆。

中流击水，长随志士树雄心；上善若水，思与君子共肝胆。王祥卧冰，令忤逆儿孙汗颜；程门立雪，乃恭谦学子典范。学如逆水行舟，不进则退；交同君子结义，不醴而淡。九曲黄河，虽百折而不悔；千仞冰峰，历三冬而弥坚。

水不在深，足蛟龙回环；校不厌新，供贤士伸展。志凌五岳，乐见鲲鹏振翅；浪击三千，喜闻惊涛拍岸。赞曰：

国之双水，中华文明厚土；庠之双水，桑梓教育摇篮。

【注】成都市双水小学，其前身为创办于1925年的成都县驷马乡第八保国民学校。学校秉承"若水教育"的办学理念，坚持走特色化可持续发展之路，致力于"若水校园、若水管理、若水教师、若水德育、若水课堂、若水学子"六大工程的实施和舞蹈、科技、英语三大名片的打造。

大熊猫诗词

　　成都大熊猫繁育研究基地，位于成都市成华区外北熊猫大道，是世界著名的大熊猫迁地保护基地、科研繁育基地、公众教育基地和教育旅游基地，占地面积1500亩。作为"大熊猫迁地保护生态示范工程"，以保护和繁育大熊猫等中国特有濒危野生动物而闻名于世。这里山峦含黛，碧水如镜，林涛阵阵，百鸟谐鸣，被誉为"国宝的自然天堂，熊猫的城市家园"，是成华区一张靓丽的名片。尽管大熊猫被世人所熟知的时间不长，但它却深得文人喜爱，成为他们笔下吟咏的对象。

咏熊猫

（当代·邓拓）

川源深处竹斑斑，劲节长留宇宙间。

黑白分明新面目，弟兄作伴下林峦。

西游山姆惊魂落，东望燕都客梦还。

今日家邦方鼎盛，天涯何必唱阳关？

【注】作于1960年10月。

国宝赞

（当代·段枕流）

稚态悠然剧可怜，长留青白在人间。

和平友好联千里，国际因缘一线牵。

【作者】段枕流（1913—　），四川成都人。中华诗词学会会员，著有《萍蓬集》《漱石轩词》。

参观熊猫表演感作

（当代·张鬼生）

鹦鹉能言飞鸟已，猩猩能言走兽耳。人之所异于鸟兽，乃在知礼与达理。湖西来有熊身玉面公，黑白分明憨且美。对客有礼文彬彬，

244

诗文成华＼

SHI
WEN
CHENG
HUA

进退中节娴举止。深深一鞠出相迎，再见一握还回视。为问谁教侬礼貌，陈家玉华好姐姐。循循善诱晨到昏，使侬差与人相似。君不见湖滨长发纨绔儿，包股喇叭裤管子。怒目但作金刚视，出口便是肮脏俚。不知礼貌为何物，见侬宁不自羞耻。

【作者】张勋生（1914—2006），字孟玄，福建福州人。福建省文史研究馆馆员、原福建逸仙诗社社长、福州著名书法家，工诗词书法，著有《梅庵诗草》。

咏熊猫

（当代·葛墨安）

大哉黄土地，万古此奇珍。岷嶓活化石，三五尚成群。百劫种不灭，盛世又逢春。市廛有馆舍，犹恋箭竹青。能为和平使，翩然出国门。心知身难返，终是汉家魂。

【作者】葛墨安（1917—　　），笔名白晚，字玄之，号蝓叟，室名膳斋。湖北蒲圻（今湖北赤壁）人，著名书法篆刻家。四川省诗词学会原顾问、四川省书法家协会会员，入录《中国当代篆刻家辞典》。

祝英台近·咏熊猫

（当代·徐育宽）

槿篱长，芳径短，偎影自娇软。万里携来，殊种有殊眷。绮窗翠袖天寒，倚频修竹，却刚被，邻人窥见。　　若飞燕，姐妹伊亦成行，西风屡吹断。胡语琵琶，才觉一身远。竟然能作和亲，宁辞长别，更休诉，玉妃清怨。

【作者】徐育宽，笔名赤舒，浙江杭州人，著名词人徐行恭幼子。工诗词，喜藏书、花卉，甚得家风。尝自谦为家中最不济者也。著有《赤舒诗钞》。

打油诗咏熊猫

（当代·王淼琛）

珍稀成国宝，潇洒无烦恼。美食竹娟娟，闲游风袅袅。顽皮体硕肥，嬉戏人欢笑。出使倡和平，青春长不老。

【作者】王淼琛（1942—　），笔名马鸿父、肖马，广东人。中华诗词学会会员。

稀有动物熊猫咏

（当代·何永沂）

一片天真憨态奇，腹中藏竹不藏机。
人言国宝殊堪贵，黑白分明有亦稀。

【作者】何永沂（1945—　），广东中山人，毕业于中山医学

246

诗文成华 ╲
SHI
WEN
CHENG
HUA

院，长期从事临床医疗工作。

咏熊猫

（当代·洪君默）

竹深林密作家乡，占却群山岁月长。
黑白身能兼二道，纵然是兽也风光。

【作者】洪君默（1951— ），福建晋江人，中华诗词学会会员、成都市诗词学会副会长。著有《衔远庐诗草》《衔远庐吟稿》。

咏熊猫（二首）

（当代·郭定干）

其一

见说珍奇产蜀中，似熊憨态却非熊。
一从亚运声名噪，妒煞山中白额虫。

其二

堪云兽类鲁灵光，举世争夸最吉祥。
国宝无多宜保护，人人有责共担当。

【作者】郭定干（1954— ），号云鹤，四川彭州人。诗人、书法家、楹联家。著有《郭定干诗钞》《青城名联赏析》等。

访四川熊猫基地咏熊猫有感

（当代·郭军民）

婉转悠然处竹林，任之高洁细餐斟。

一身黑白穷通理，最是生存值万金。

【作者】郭军民，字鸿文，网名龙山牧童，笔名高坡，署回轩斋主，中华诗词学会会员、《中国当代散曲》编委。

晨寤，半梦半醒间得咏熊猫

（当代·伯昏子）

太极初分判，浑浑天地游。

缁章垂皓质，白雪发玄讴。

身蹈高山迹，性追君子俦。

典坟何闇渺，祥瑞未言收。

【作者】伯昏子（1966—　），本名睢谦，字印蓉，号由枨斋主人，江苏镇江人。诗人，作品有《由枨斋吟稿》、译诗《莪默绝句集译笺》（《鲁拜集》）等。

临屏咏熊猫七首（选五）

（当代·孟依依）

其一

未共恐龙灭，非关造化功。

悠哉处林下，自是古人风。

其二

生于浑沌世，黑白尚天真。

高洁食惟竹，如何活此身。

其三

着我以青眼，投之以木桃。

如能感推食，肯与我战友？

其四

何若君忧甚，君忧体尚宽。

我忧惟瘦骨，强自正衣冠。

其五

敷粉双腮白，搔头频弄姿。

只知涂眼影，不解画蛾眉。

【作者】孟依依，原名张静，北京人，毕业于北京师范大学，网络女诗人，多才思，善诗词。

成华文人诗文

在成华这块古老的土地上，宦游、寄寓的文人墨客留下了许多诗文，歌咏历史风物，唱响宏大志向。同样，生于斯长于斯的成华人也写下了大量诗文。

曾咏

曾咏（1813—1862），字永言，号吟村。华阳县龙潭寺（今新都门坎坡）人，其在《怀述》诗中说自己"渔樵率本性，旧业依龙潭"。道光二十四年（1844）甲辰科三甲二十三名进士，授户部主事。官江西吉安知府，后受曾国藩之邀到安庆襄理军务，因积劳成疾卒于军中，享年五十岁。赐恤赠太仆寺卿。著有《吟云仙馆诗稿》。民国《华阳县志》有传。

怀述

（清·曾咏）

嗟我好散漫，边幅殊未谙。渔樵率本性，旧业依龙潭。一朝就薄职，北地供趋趋。软红障白日，埃壒缁何堪。风尘不我污，西望萦烟岚。迎养苦路纡，子道恒怀惭。魂梦时依依，无以奉旨甘。莱彩虚凤愿，耿耿心忧惔。何如辞印绶，归棹花溪南。慈乌获反哺，万象春晖涵。整我旧蓑笠，结我飞云龛。山花香馥馥，水柳青毿毿。啸歌得自由，天地成恩覃。

中秋前一日值宿感怀

（清·曾咏）

万里关山月，离家已十年。思亲怀杖履，薄宦负林泉。
萧瑟槐厅暮，徘徊桂魄圆。光回云汉迥，翘首望西川。

玉署清如水，寒光逼上台。九霄明月近，万里翳云开。
报国思难称，临民愧不才。此生忧乐意，对景自徘徊。

烛短吟难尽，愁多思未穷。乡心杯酒后，客梦柝声中。
宦有千秋想，家无半亩宫。天高群籁寂，凉宇露蒙蒙。

桐老秋光冷，天空夜色寒。月偏今夕好，人惯异乡看。
有梦寻知己，无才愧好官。悠悠身世意，随境自心安。

思亲

（清·曾咏）

白发亲年喜惧时，远游何日报归期。
一官郎署未纡紫，十载京华空染缁，
每望远书劳梦想，况逢多难倍萦思。
倚闾惆怅将安慰，愧我长怀反哺私。

秋晓

（清·曾咏）

重帏掩虚寂，金穗落孤檠。

冰簟凉侵梦，秋涛夜撼城。

星沉山壑暗，日出海天晴。

引领静中趣，平林一鸟鸣。

春日感作

（清·曾咏）

春水溶溶雪后泥，六街车马没轮蹄。

唐花恋蝶熏如醉，池草鸣禽梦欲迷。

翠柏不因终岁改，黄杨依旧十年低。

凤鸣那为惊人计，只恐高枝乌乱啼。

广济禅林阻雨

（清·曾咏）

四围人坐雨庐中，占木拿云绕梵宫。

满地绿波留客住，湿好低亚石榴红。

254

诗文成华 ╲
SHI
WEN
CHENG
HUA

曾懿

曾懿（1837—1927），字伯渊，一字朗秋，曾咏、左锡嘉次女，华阳县龙潭寺人。光绪己卯（1879）举人、湖南提法使袁学昌之妻。曾懿自幼研读经史，擅长丹青文辞。精于中医、烹饪、女子教育，著有《医学篇》《女学篇》《中馈录》，有《古欢室诗词集》刊印于世。其子袁励准为溥仪老师，现北京"新华门"匾额为其亲笔手书。

魏小兰姊邀游桂湖谒谢公遗像

〔清·曾懿〕

一

湖上随肩步，春游景物鲜。

露花红蘸水，丝柳绿搓烟。

径曲疑无路，山回别有天。

空亭聊小憩，把盏听流泉。

二

轩窗开四面，陡觉薄寒侵。

桂树连城暗，松涛压殿阴。

山川馀霸气，风雨壮诗心。

谒罢谢公像，怆然感古今。

浣花诗社歌

（清·曾懿）

浣花溪水何洋洋，绕溪珍木郁苍苍。楼阁瞰流各低昂，湘帘十二卷夕阳。中有诗人清且扬，芝兰竞秀雁成行。明月为裾云为裳，高谈妙语翰墨香。依依梦锁春草堂，笔花灿烂生辉光。丽句争传碧琳琅，浣溪风月富锦囊。松篁敲韵入潇湘，波光云影皆文章。染墨绮靡不可忘，诗情遥共海天长。诗万卷，酒千觥，吟咏之乐乐未央。但愿人生欢聚永无荒，千秋万岁，合与骚人共草堂。

莲花曲

（清·曾懿）

水榭帘栊人如玉，鸣桡轧轧春波绿。昨宵酒醉各题诗，今朝都赋莲花曲。粉痕欲坠红妆浅，清露如珠垂欲散。翠潋清风荡融融，参差绿影云塘满。莲子花开水槛东，重叠掩映鲛绡红。秋罗拂水水纹绉，香飘四座生荷风。碧塘摇滟多芳草，白蘋断处生红蓼。紫鳞水面吸莲花，池边日日来青鸟。遥遥柳绿锁湘烟，莲根莲叶相钩连。素藕丝柔情不断，露珠摇荡非真圆。银浪金光荡晓日，绿蕖半掩桃花色。帘波隔水夏云生，千里轻风总无力。杜宇啼残春已归，交交鹡鸰芳塘飞。愁煞江干采莲女，软风吹香香着衣。青丝系船茱萸湾，重开新筵不忍还。侍女低鬟进美酒，坐中酒后皆红颜。月明满地遥相望，鱼戏莲叶

256

诗文成华\

SHI
WEN
CHENG
HUA

吸细浪。佩环初解舞衣轻，荷叶罗裙色一样。归来玉婵捧花蕊，采莲夜夜得莲子。一身花露湿云衣，回首胭脂红十里。

秋夜

（清·曾懿）

一

萤火依人点点飞，轻寒料峭不胜衣。

纸窗月上玲珑影，画谱新添墨紫薇。

二

流云卷月镜开奁，闲咏新歌昔昔盐。

秋兴撩人眠不得，时闻蕉叶打虚檐。

送孟昭大姊归新都同游桂湖时值中秋桂花正开

（清·曾懿）

秋风一夜来桂湖，天香馥郁飘云衢。虹桥跨水水飞动，湖光如练烟中铺。烟中词客数来往，三尺绿波摇画舫。双桨划破碧琉璃，白鹭惊飞时三两。半山偓寒露华泫，峭风吹花浮水面。游鱼吸水并吸花，树影亦为鱼吞咽。桂树转东舟转西，树梢直与城堞齐。金粟飘香气郁葱，归鸦如墨酿霜啼。桂叶冷云苍且碧，斜阳穿树红于血。花光黄晕真珊瑚，衬以粉墙成五色。色映亭台生辉光，鸣篁深护清晖堂。阑干倒影池清浅，枯荷数柄留古香。记得去年嬉好春，芳草如茵踏软尘。

风光转眼千万变，人生聚散等浮萍。新诗吟罢酒频倾，与君小别心绪萦。不知明月几时有，冰壶一洗襟怀清。

忆梅曲和慈亲韵寄仲仪三妹

（清·曾懿）

霜满檐牙蟾魄冷，碧梧飘尽冻金井。角声吹断陇头云，惆怅江南芳意迥。曾记闲庭春夜春，月温花暖人同影。一声长笛落纷纷，扫来葬向孤山顶。而今芳信天涯远，人瘦如花花不管。几度巡檐几度思，醉吟击碎琉璃盏。昨宵梦入罗浮里，香雾朦胧迷芳芷。溪南溪北尽是花，一片香魂飞不起。翠羽啾唧窗月白，栩栩仙梦酣成蝶。残镫一点可怜红，魂黯黯兮情脉脉。

园中海棠盛开招静专从妹小饮

（清·曾懿）

几日春阴浓，海棠睡已足。和风洒然来，花气蒸入幕。开帘惜无香，秾艳早夺目。绛萼含葳蕤，清影颤扑簌。宛如红霞红，不枉绿章绿。容颜本无偶，观者苦多俗。幸有故人来，相与诉衷曲。握手谈新诗，开樽倒金谷。对此良辰景，惟有醉醹醁。君醉侥欲眠，抱此花魂宿。

病后忆季硕五妹

（清·曾懿）

扶病寨帷步，微吟养性真。

秋花闲似我，新月瘦于人。

炼药烧红叶，焚香倚绿筠。

不堪回首处，离绪满江津。

旋闽别亲

（清·曾懿）

生小依依骨肉亲，天涯忽已转雕轮。明知久聚愁言别，故作欢颜强对人。燕寝何时承色笑，鹿车从此历风尘。亲心更比儿心切，隔夕先看泪满巾。一曲骊歌百虑攒，思亲容易侍亲难。夔关雪冷魂先怯，巫峡云深梦亦寒。雁影无端重聚散，鱼书从此望平安。临歧无限伤心泪，忍到鸳舆细细弹。

舟过大佛岩

（清·曾懿）

山头一雨作膏沐，洗出千重万重绿。林容灿烂江声高，古刹庄严枕山麓。系缆凝碧湾，石润青苔斑。欸乃一声山谷应，千帆影落夕阳间。仙人低鬟静相对，但觉扑面皆青烟。青烟飞不断，石磴石镜互回转。碑披蝌蚪奇，树种菩提满。忽然万壑奔惊雷，青天倒挂银河来。

飞流直下一千丈,晴雪滚滚晶帘开。枯藤浓梁赤龙血,古楠谂沓作人立。暗涧风号虎气腥,深箐暮卷猿声急。前山嵌古亭,后嶂开锦屏。扁丹一叶泛萍梗,大江日夜无留停。宛疑人在镜中坐,相对共讶鬓眉青。我今随君掉客帆,行程始至大佛岩。明早挂席东南去,一片疏钟送过山。

舟过巫峡见十二峰高插霄汉神女峰尤为纤丽峻峭神女庙在山之巅

（清·曾懿）

一

琅琅天风壮,嵯峨十二峰。

飞云翔婉娈,悬瀑响琤淙。

景富诗遍迴,愁多梦亦慵。

纤秾宋玉赋,千古忆仙踪。

二

壁立双峰合,真成一线天。

烟鬟浮翠黛,霞彩媚华巅。

人语隔山应,江流急箭穿。

楚王今已渺,神女为谁妍。

即景

（清·曾懿）

梧桐庭院碧阴满，桐花香扑幽人馆。
幽人养疴意态慵，罢妆镜掩青芙蓉。
迢迢长昼漏频转，悄倚疏帘品茶荈。
一阵凉风送雨来，搅碎炉烟和云卷。

英山道中

（清·曾懿）

晓发仙人山，山高风似虎。月落东方明，雾气蒸成雨。
风卷暝色开，瞳瞳日初吐。林麓喷彩霞，朝阳散平楚。
偶闻鸡犬声，人家隐桑坞。登高望八荒，苍天如覆釜。
杜鹃红满冈，开落无人主。贪看山林景，不觉征途苦。
茫茫尘世中，何如鸳鹭侣。朝聚沧浪烟，夕宿蓼花渚。
得失不关心，翱翔时振羽。

季硕五妹以诗见示题其卷后

（清·曾懿）

　　人生处世苦局促，惟有新诗可傲俗。摇笔长吟天地宽，放怀何必争荣辱。吾家季妹诗最豪，百篇挥洒才弥速。哀艳应教谢鲍惊，苍凉直使韩苏伏。长途千里历风尘，牢愁欲效穷途哭。阅历因知世路艰，翠袖单寒频倚竹。遨游湖海衣化缁，陶铸江山字凝绿。松压严霜挺秀姿，梅含古雪得奇馥。清烈如闻越石笳，激昂疑听渐离筑。扫除俗艳与凡音，开卷琳琅先豁目。忆昔故乡聚首时，推敲共剪西窗烛。裘葛回环逾十年，吟囊早已盈千束。自惭随宦走皖江，尘海羁縻总庸碌。披卷真同下里音，挥毫难奏阳春曲。今君征棹赴姑苏，一路溪山诗料足。酒酣落笔凌沧浪，别绪忽忽梦魂逐。宛转相思何处寻，临风遥指君山麓。

九日登楼望迎江寺塔

（清·曾懿）

斜阳明灭鸦对语，白杨萧萧作风雨。
孤城寒瓮大江声，一塔巍然涌过城。
二龙山高高百仞，恍若玉山遥相并。
人影微茫落半空，足底白云送清磬。

六安阻雨寄高蔓华如姊

（清·曾懿）

敲篷一夜雨，衾薄晓寒添。
千里舟车苦，经旬愁病兼。
风涛惊断雁，雾气隐凉蟾。
秋水人何处，离怀满绿蒹。

262

诗文成华

SHI
WEN
CHENG
HUA

舟行阻风雨杂书所见寄叔俊四妹寿州

（清·曾懿）

惊涛卷长空，气势来东北。密雨抛散珠，油云张重幕。

琴书颇繁重，汉港复幽僻。草深蚊蚋骄，潮急鱼虾掷。

回波迟双棹，暝我欺行客。嗟我尘世劳，言念保身哲。

遥睎景转韬，养静神逾寂。指点来时路，迷茫芦花白。

冬夜玩月偶见南园梅花微绽与外子尊酒赋此

（清·曾懿）

鸳瓦粼粼霜似雪，池冰坚结琉璃碧。巢枝宿鸟冻无声，一轮寒月东方出。冰壶月曜澄清华，沉寥天气迷寒鸦。众卉纷纷争摇落，惟有梅萼霜中花。铁骨冰肤呈綦缟，苔阶叶落愁慵扫。冷香菲菲暗袭予，心迹双清同怀抱。春风二月随南征，梅花如雪扑帘旌。椒陵小住将一载，赢得风霜两袖清。金貂换得梨花春，寒梅香里倾千尊。醉后谈诗诗愈巧，披衣起舞把星辰。玉堂夜静月逾皎，碧天如磨青无云。不如且向酒中住，与月为友花为邻。高谈久坐灯花烛，墙外传来数声柝。霜气浸空月欲斜，诗魂冷共梅花宿。

夏末秋初炎蒸未退病起无聊作此以示诸子

（清·曾懿）

病起苦炎熇，郁纡意不适。乘晓临前轩，冷冷蕉露滴。

苔藓缘阶绿，败叶扫还积。昨夜西风来，吹梦落天末。
眷念宦游子，天涯互相隔。章江波溶溶，蜀山青突屼。
长歌行路难，栈道历冰雪。儿行万里遥，母心随征辙。
愿儿志四方，云程奋六翮。仲子依帝都，圣恩美嘉节。
弱冠金闺彦，辞亲远行役。护辇去复回，衣黦边尘迹。
愿儿俪璠玙，匡君并辅国。愿儿如阳春，随时布德泽。
霭霭出岫云，曈曈浴海日。勉哉为霖雨，努力同修德。

【注】以上见《晚晴簃诗汇》卷一百九十二。

264

诗文成华＼

SHI
WEN
CHENG
HUA

曾彦

　　曾彦，字季硕，华阳县龙潭寺人，曾咏之五女，曾懿之妹。后归蜀，与其夫张祥龄并为王闿运弟子，诗在张祥龄之上。蜀人言曾季硕诗"为四川第一"，好读《楚辞》、汉诗，不读唐以后书，沉雄壮迈，男子不及。其师王闿运以为"曾诗颇有古作者之风"。汪辟疆《光宣诗坛点将录》中曾有地微星矮脚虎王英、地慧星一丈青扈三娘指张祥龄曾彦夫妇一说。

郊居新筑溪流夹园乔木嘤鸣杂花春发

（清·曾彦）

结构南山阳，嘉木绕原隰。况复值初春，万物皆芳泽。
园柳发青柯，山桃含丹实。好鸟扬欢声，幽禽展丰翼。
虽无华京盛，足以肆怡怿。君子既高蹈，诸姬亦乐职。
载理欢相迎，敦义怨易释。既感朱绿施，能不自雕饰。

观潮雨

（清·曾彦）

曾飔抟朝雨，清泠天半来。始集璇铺蕙，末涤玉阶苔。
纷糅如累霭，漉奕似纤埃。凤兴振容仪，重闱扃未开。

恬然绝尘虑，感古忽增衷。戢羽思云举，奋鳞虑波颓。
进退难专志，素丝戚中怀。从欲讵能极，终蹈箕山隈。

游南池作

〔清·曾彦〕

秋日县清郊，寒蝉改故音。展怀游广园，凄恻发微吟。
池蕖陨清波，丛菊媚高岑。览枯惜嘉卉，睹茂悼残林。
郁与陶俱集，怜共爱相寻。兴衰各应节，讵解起悲歆。
嗟彼穷达士，胡为劳素心。

秋夜月怀叔俊四姊

〔清·曾彦〕

秋月流光薄，凄凄上阶苔。阶苔故人迹，一一存我怀。
音容渺不见，情思应往来。情思长相接，无庸动息偕。
伊余素修达，讵为岁寒摧。养疴忘悲悰，寡欲鲜违乖。
况乃侍君子，礼仪良不亏。愿言寄赏心，战胜靡所哀。

泛湖登南山瞻眺

〔清·曾彦〕

朝发南山阳，夕息北江湄。舍舟登高隰，辍策步郊岐。
曾岩既明媚，曲泛亦涟漪。俯聆虚壑籁，仰睇崇冈枝。

266

诗文成华＼
SHI
WEN
CHENG
HUA

清泉漱积石，珍木列平陂。高下竟何辨，丰茂皆欢怡。
幽兰发素采，丛桂含丹姿。鲜鳞萃芳沚，好鸟逐轻飔。
鉴彼富春物，眷恋感予思。岂惜违君子，但伤莫我知。
操持信难固，孤游良可悲。

咏怀

（清·曾彦）

独坐苦无悰，摄衣登高台。曾飙从东发，凄怆入我怀。
遥聆丛悲积，远瞩百忧来。慅慅枯桑折，恻恻孤鸿飞。
寻欢弥起思，为乐更增哀。安得驾云螭，逍遥游蓬莱。
不辞道路远，但伤莫与偕。谁怜西颓日，复值野风吹。

答兄旭初定襄

（清·曾彦）

凤凰翔高冈，众雏相追随。一雏羽毛弱，不得与之俱。
号泣堕沙渚，索侣鸣声悲。岂不恋骨肉，奈何雨雪霏。
行行一反顾，飞飞复迟回。恻恻入云汉，凄凄竟孤遗。
饥乌绕我啼，缯纹向我垂。彷徨失所依，空巢独自归。
讬身高梧中，常得露华滋。饥不食粱稻，渴不饮江湄。
韬精复潜声，鹰鹯不我疑。荏苒畜道义，六翮先光辉。
当待风云会，奋翅同来仪。

从子馥还汉州作

（清·曾彦）

从君还旧邦，仲春善游适。繁英缀柯条，芳草被阡陌。
华日动通津，轻飙荡丰麦。华宗中笃好，耆艾叙畴昔。
芳醪勤酬献，嘉肴充瑶席。达人隆德辉，夫子继宏绩。
高情属华岳，抗志蹈云霓。天姿美无度，茂德难匹敌。
明哲自有经，贤达岂今识。嗟余菲薄质，茑萝翳松柏。
永得亲光仪，偶怀共芳洁。

答子馥

（清·曾彦）

达人贵无忧，智者多玩世。忘形与物齐，损益焉足计。
当荣不骄矜，处苦岂忧惧。盛衰固表里，否泰信崇替。
草木有荣枯，取怨朔风厉。日月有明晦，敢怨浮云蔽。
讬身宇宙中，霜露皆恩惠。神宁礼自舒，欲止欢来遇。
翱翔游太清，逍遥度年岁。偕时进德业，崇礼期昌世。
感君笃道义，努力自勖励。

滞雨不发隔舟贻易玉俞

（清·曾彦）

谁云相离远，咫尺江波中。音容旷不达，所讬心与胸。心胸既

268

诗文成华＼

SHI
WEN
CHENG
HUA

默感，渐别亦愁充。矧乃过三朝，何如九秋终。理棹朝夕欢，系缆复分踪。嘤嘤鸣思鸟，翩翩飞别鸿。春雨润兰皋，轻烟媚远峰。缠绵怀茂德，寤寐忆仪容。岂无偕游览，温仁诚可从。今彼性惋恋，兹情应与同。

苏州七夕同子馥泛湖

（清·曾彦）

客情眷佳节，理棹泛江阴。遥波澄夕霁，霞彩媚枫林。
城阙霭暮光，长烟引岖嵚。芳甸散兰息，高树噪栖禽。
皦皦河汉辉，脉脉双星临。眷恋来年思，嬿婉今夕心。
泠泠仙风过，时闻清吹音。曾楼设华宴，皎月堕芳斟。
明镫粲飞阁，列坐理瑶琴。纤纤素手弹，凄凄白头吟。
繁华当此夜，欢乐轻千金。如何穷达士，独抱忧思深。
即事感我怀，慨然念古今。悟彼山阿人，玄默诚可钦。

吴趋行

（清·曾彦）

惊飙薄丰林，凤夕成枯枝。百草芳初兴，鶗鴂胡不迟。
哲人期佐世，愚者亦深思。婉恋辞乡邑，翱翔吴江湄。
山川何温媚，名都信威仪。层台通天汉，飞宇贯云霓。
峨峨阊门开，蔼蔼軿轩驰。朱轮王侯女，翠盖尚书妻。
天冶倡家子，联翩游侠儿。百两嵌宝钏，千金缀珠衣。

清浊不异源，贵贱同一涯。踟蹰大道傍，邂逅通言辞。
入门不相识，列坐传金卮。清歌共酬唱，和好无偏私。
夫婿居上头，顾盼矜妍姿。日午眠重闺，深宵宴曲池。
华镫蔽星月，熏香烧兰芝。哀哉莱氏偶，躬耕蒙山基。
蒿蓬结为室，藜藿持作糜。靡靡黍离叹，绵绵葛藟悲。
王风化难周，人情多乖违。圣心岂不怀，此邦非吾资。
潜龙有时升，雄性谁能移。

杨花篇

（清·曾彦）

阳春三月清明天，杨柳千条拂玉关。玉关送别多凄苦，况复杨花飞无数。飘泊初辞连理枝，缠绵复上相思树。笙歌暖响风日低，烟草迷离骢马嘶。扶荔宫中莺燕少，披香殿里鹔鹕飞。游丝有意欲牵住，蛱蝶多情还自随。可怜游丝空萦绕，可怜蛱蝶空颠倒。随风吹入华清池，化作浮萍覆鸳鸟。

玉阶

（清·曾彦）

玉阶消积雪，娟娟泻琼液。春风昨更寒，为感江南客。檐前辛荑花，高枝已争发。鲜姿复先荣，婀娜诚可悦。但恐微芳蕤，飙风不汝惜。

通州舟次

（清·曾彦）

姑苏城边春早来，清溪处处春花开。北风海外变萧瑟，黄尘漠漠驱春回。枯木无枝堆残雪，白鸥沙际苍茫立。颓阳敛敛下西山，船头伫立愁将夕。横风吹波舟行艰，舟人辛苦生烦冤。

舟中即景

（清·曾彦）

帆影入苍翠，霞光散碧霄。
平沙人唤渡，高树鸟争条。
古堠消残雪，寒风生暮潮。
客情容易倦，莫负月明宵。

春风吹客思，高咏满山川。
落日疏森木，孤帆贴暮天。
潮平鸥梦稳，江静月光圆。
漫说征途苦，深宵未忍眠。

喜弟至

（清·曾彦）

闻说辽西去，相逢念已灰。孰知天意厚，不使我心摧。

欢似从君至，愁当为尔裁。惊看嗟老病，感恸且衔杯。

飘泊诚堪叹，飞蓬离本根。艰危辞故邑，高逸隐吴门。
闻说芳兰地，都令野草繁。何时赋归去，同醉少陵园。

细雨檐花落，华堂笑语融。飞觞春酒绿，分韵锦笺红。
各述平生志，相怜离别衷。此心非旧日，愁损不玲珑。

自尔归来日，秋天景似春。檐花垂绣户，明月堕华茵。
鲜洁红鳞脍，香茸碧涧莼。酒阑谈旧事，一字一悲辛。

前有一樽酒行寄慰子馥

（清·曾彦）

前有樽酒休叹息，请君展眉听余说。自古贤豪多坎坷，济清河浊今谁识。君不见相如涤器临邛道，不遇良时亦潦倒。祇图一割愧铅刀，敢云朝野知音少。又不闻富贵尊荣悲患多，惟有贫贱可无他。怀忧一国甘一肉，何如陌上耕桑麻。空持科第称奇才，纵使成名亦可哀。荆榛得地比松柏，蕙兰不采同蒿莱。莫言闺中无意气，蓬门投畚惊车骑。琉璃共酌且高歌，书剑苍茫动天地。停杯惆怅缄此辞，玉阶凉月萦相思。儒生得失等闲事，徙倚微吟风雨诗。

赠蜀章三弟

（清·曾彦）

芳草嘤嘤鹈鸪语，念我与尔隔重屿。便风传缄慰相思，为问才华今几许？三郎少小心独雄，红颜如玉气如龙。盘马弯弓射明月，修眉朗朗临春风。东邻父老笑相指，云是当今天庙器。骅骝不愧称神驹，英年果遂青云志。忆昔兰闺依慈亲，文歌琴酒围锦茵。当时欢乐不自足，宁知一日西南分。西南东北长怀忆，庭闱眷念谁遑息。男儿有志继先贤，女子无非勤酒食。人生得意能几回，醇醪但醉休停杯。莫向风尘叹萧瑟，好凭经术骋奇才。

立秋登楼观雨

（清·曾彦）

高阁沧浪侧，轩窗四面开。
晚风吹涧水，空翠结庭槐。
飞鸟归林急，苍云带雨来。
碧梧一叶落，凉意满莓苔。

旅客漫愁思，何堪节候催。
景从林际散，秋自雨中来。
远树轻烟合，遥山夕瘴开。
野鸦归已尽，一鹤独徘徊。

【注】以上见《晚晴簃诗汇》卷一百九十二。

吴继周

吴继周，字梦湘，华阳县龙潭寺人。善画梅竹，气势雄浑，近清之彭雪岑。《益州书画录附录》有传。

▲ 吴继周行书

和商会公报文苑黄花原韵十六首

（清·吴继周）

人生能历几星霜，且把酒杯挈蟹黄。

倒甓不妨心并醉，餐英料得口都香。

春风桃李多凡卉，秋雨梧桐剩晚芳。
酿取寒花堪益寿，引年何用服昌阳。

何物西风太逼人，一般肃杀到芳邻。
可怜傲骨经霜露，欲诉愁心绘鬼神。
归兴颇同陶靖节，骚情不减屈灵均。
落英满地纷如许，笑煞梅花占小春。

种向荒园几度秋，晓寒曾见露华流。
瑞云一握方增色。浊酒三升不解愁。
入我甖中还郁馥，寄人篱下强淹留。
黄金乱洒矜豪举，买得芳年竟寡俦。

颓龄能制究无凭，试问渊明得未曾。
空服九华聊自遣，初开几朵漫相矜。
襟怀洒落同高士，意兴萧疏似野僧。
挂印径辞彭泽宰，至今追想气还嶒。

栽培拓地尽宽舒，恰好花疏篱亦疏。
插帽几回香尚在，开樽一点味难如。
人来对酒方酣候，客正吟诗未就初。
报道秋光逾灿烂，夕阳斜映满蓬庐。

交柯玉树炫珊瑚，那及金钱买醉欢。

冷落便教凭酒暖，清高犹自傲霜寒。
孤芳剩有热心在，正色何妨斜眼看。
留与陶家争晚节，此花原不畏摧残。

为访先生载酒过，一尘不染净于磨。
开残老圃谁相赏，战胜西风漫许和。
到处园亭闻酒熟，谁家篱落得秋多。
陶潜去后无知己，善识花人有几何。

烂烂秋花短短篱，风风雨雨系人思。
苦无媚骨难谐俗，那有闲心浪作诗。
酒许饮将微醉候，花曾看到满开时。
兴酣莫更呼金盏，一味疏狂恐未宜。

又

残枝犹足傲严霜，况是中央一色黄。
轩帝子孙皆贵种，陶家篱落尽幽香。
直从晚景争奇节，始见孤标殿众芳。
寄语西风休炫战，龙旗日暖正当阳。

东篱莫谓竟无人，载酒曾邀左右邻。
三径虽荒堪寄傲，一樽相赏足怡神。
不嫌风雨频来扰，只恨栽培暂未均。
待得秋高天气爽，胜他群卉艳芳春。

记曾开落几经秋，却占群芳最上流。
酿酒可能浇垒块，题诗强半写牢愁。
飞霜太早凭谁护，冒雨偏迟为我留。
莫向篱边嗟暮岁，晚香终得慰同俦。

西风战败亦何凭，偿我金钱百万曾。
自有秋光增灿烂，从无异卉逞骄矜。
樽前落帽推豪客，物外遗鞋认老僧。
醉酒逃禅无个事，疏狂气象更峻嶒。

未得发皇气不舒，几枝光绽尚稀疏。
龙鳞蟹爪知何似，云烂星辉得自如。
一片夕阳斜衬好，四边落叶乱飞初。
花当炫烂秋将晚，依旧移来停草庐。

天教佳色映阑珊，醉倒篱头意亦欢。
乌帽归来诗兴热，白衣送到酒樽寒。
肯教俗眼资凡赏，别有霜心耐冷看。
加倍雨风消受得，未应几日遽开残。

佳节重阳转眼过，群英到此尽消磨。
独有力能争造化，了无心更恋阳和。
浩劫西来非种盛，中原北望古愁多。

推窗试把盘龙照，人比花还瘦若何。

万分憔悴寄人篱，飐向风前若有思。

欲与先生同励节，不逢高士肯论诗。

秋容老去仍前度，傲骨磨残似旧时。

欲把黄金买年少，延龄藉酒恐非宜。

【注】此组诗当作于1908年的重阳节，后发表于1909年正月一号第一百九十二期《广益丛报》。附1908年第一百一十二期的《重庆商会公报》的《黄花》诗一首：满园风叶满林霜，照眼东篱花正黄。得酒周旋成妙友，耐人寻索有真香。置诸华屋应无忝，卧到空山亦自芳。回首不知群卉老，且将余兴醉斜阳。

劝赈谣

（清·吴继周）

有明大乱由饥荒，祸端肇自西北方。张李二人原打铁，居然崛起为侯王。侯王僭号虽不久，大明一统归乌有。京朝达官多积财，一时送入贼人手。可怜财去命难存，被铁箍箍群呼冤。早知尽数献与贼，不如当时报国恩。不报国恩贻国祸，转瞬国亡家亦

▲ 吴继周《竹石》立轴水墨纸本　雅昌艺术网

278

诗文成华\

SHI
WEN
CHENG
HUA

破。国破家亡靡所依，悔也无及双泪堕。国朝龙兴三百年，圣圣相承无间然。和风甘雨多丰岁，偶有偏灾辄赈蠲。迩来人心太不古，天之降丧何其苦。风水火灾偏东南，西北旱灾成焦土。但考灾区披舆图，被灾几于无处无。饥馑洊臻不一足，四方都闻庚癸呼。呼庚呼癸应不及，其人半作沟中瘠。饥而死者不复生，生者奄奄剩一息。吁嗟乎，民生憔悴满中原，死亡转徙难具言。我欲救之救不得，相期大力挽乾坤。燕齐晋豫诸省旱，仅占北方一少半。曾是偶遭旱魃灾，人民道殣已无算。只望天心早改移，厄运容有稍衰时。谁知尚无悔祸意，甘省之旱灾更奇。传闻不雨已三载，天意苍茫那可揣。大吏隐匿不报灾，小民凋瘵竟无改。坐视迁延直到今，日复一日望甘霖。万不得已始奏闻，十室九空害已深。富者转为贫，贫者无人在。大吏果何心，于我殊未解。即今办赈筹多金，麦贵却从何处买。灾区既已宽，转轮又艰难。居无以为养，行不可得餐。草根木皮掘取尽，儿号女啼心何安。计穷忍食亲生子，言之令人鼻欲酸。哀哀我同胞，胡为惨至此。孰非轩黄好子孙，岂其彼独无人理。智尽能索莫可为，伤心惨目乃如是。要知上天本好生，聊将灾异觇人情。果能赈济存恻隐，天亦悔祸罚从轻。不然人治不能抗天行，天将由此降刀兵。甘民虽良懦，谁能忍饥饿。苟有桀黠者，莠言从中播。乘机作乱事，等闲到此岂能高枕卧。噫，祸机一发不可收，影响先及吾梁州。川陇毘连如唇齿，俄人尝以为咽喉。内乱乍然起，外患尤足忧。浸使藩篱有差跌，贻累大局何时休。是用作歌为人劝，事关大局请速办。虫沙浩劫逼人来，欲挽回之莫如善。下以解倒悬，上以纾宵旰。近以止内讧，远以弭外患。非亟筹赈不为功，非速解欵恐其晏。我亦杞人浪忧天，勿以斯言为河汉。集腋成大裘，聚土为高岸。蜀川人一钱，数可至七万。以此倍加增，所失亦有限。如来大慈悲,力行在方便。道家重感应,善报尤易见。吾儒喜忠恕,施诸已不愿。推己以及人,犹为人一面。不幸我罹灾,人亦当怜念。奈何人正阽危时,我尚优游恣酣嬉。张筵日日会宾客,动糜中人数家赀。挥手千金赠豪贵,独于贫贱爱惜费。狎妓纵博无不为,扶危泽困转生畏。一人畏避不肯前,十人缩首推无钱。千人百人尽如此,问君何以救荒边。我不遇荒不罹渗,见他荒旱究何忍。颠沛流离满道途,石人闻之泪亦陨。读我劝赈谣,如临乞米帖。反覆至再三,私心常恻恻。恻恻复恻恻,勿蹈有明辙。有明乱亡是前车,国且覆灭何有家,愿君保家先保国,慎防海内起流贼。流贼自古半饥民,中有英雄在草泽。君不见张打铁李打铁,杀人如麻无留迹,不信请君看蜀碧。

步龚苹珊重游吕祖阁原韵

（清·吴继周）

一

卅载居然续旧游,问花开落几经秋。
苍苔满地晴犹滑,翠柏参天老更幽。
树有余阴容布席,酒逢豪兴欲倾瓯。
只怜日暮忽忽别,主亦旋归客不留。

二

年来玉杖忆扶鸠,更有何心着怨尤。
胜地几回能讬足,仰天一笑且昂头。

仙人那见乘黄鹤，世事应教问白鸥。

饮啄自如长水国，万缘前定不须修。

再步元韵

（清·吴继周）

　　闻说名区便欲游，到来诗思淡于秋。只凭杰阁供登眺，暂借闲庭养静幽。花下酒倾八九盏，竹间茶煮两三瓯。此行不忍遽归去，得暇何妨数日留。初开晴霁听呼鸠，又见江风起石尤。四面好山常在目，百年老树半低头。飞鸣自得谁如鸟，来去无心我亦鸥。欲借静深藏志节，神仙福泽未能修。蓬矢桑弧重远游，螳蛄难与说春秋。老犹作客情非矫，壮不如人趣转幽。侠骨尚堪酬宝剑，雄心况欲补金瓯。神仙道术知容易，臭腐皮囊且暂留。嗤笑大鹏有鸴鸠，几人绝迹信殊尤。英雄错过常当面，竖子成名早出头。身到青云休羡鸟，心如白水可盟鸥。仙缘有分若超俗，应共唐贤一例修。

　　【注】1909年，吴继周和好友龚苹珊、邓笃棠等人结伴来到位于重庆江北的吕祖阁游玩。他们面对眼前的古刹野鹤、青松翠柏，以诗酒自娱。作者回想起四十年前的那次少年游，生出岁月沧桑的无限感慨。

　　附龚苹珊的《重游渝北吕祖阁感赋》：

一

重临胜地忆前游，弹指光阴四十秋。

旧日亭台犹仿佛，新栽花木更清幽。

此行应涤尘千斛，自愧难倾酒半瓯。

差幸年来腰脚健，扶筇不厌久勾留。

二

自笑疏慵拙甚鸠，半生偃蹇敢人尤。

世情险巇谁青眼，岁月蹉跎叹白头。

故纸生涯同朽蠹，烟波无际羡沙鸥。

林园偶涉都成趣，知是前生几度修。

育蚕说

（清·吴继周）

一国之政在养民，一家之政在养蚕。养民者若保赤子，则民生遂而国势亦强。养蚕者如抚婴儿，则蚕职修而家规以整。不然，一家之中，妇女皆安坐而食，无所事事，终岁所需，尽仰给于男子，此亦常不足之势。且倚赖性根，不早锄去，积久益不能自立，不惟败家，且足亡国，何也？一夫不耕，或受之饥。一女不织，或受之寒。古者帝亲耕，后亲蚕。其慎重耕织，不惮降以相从，非必为一人衣食计，实为天下人衣食计，欲其自我作则也。况今世界交通，丝之用路甚多，消场亦最大，乃者东西各国，请求蚕桑，已有日新月异之势，而我尚因陋就简，不思改图，亦明知中国利源，有不可支持之一日，而不知此等利源，有可以挽回之一途。厥途维何，则育蚕是。夫蚕而曰育，有养育抚育教育乐育数义。养育者，如人养子，时其饥饱，不使有过不及之差；抚育则随时省察，慎风与寒，

282

诗文成华

SHI
WEN
CHENG
HUA

不使生病。若教育，则授人以育之之法，参酌中西，讲求至当；乐育则使之乐于从事，不至生厌。如是则育蚕之道，得而种桑之利兴，即富国之策，于是著而家可知矣。由是以育蚕所得之利，转而育才，兴学堂，设武备，练陆军，皆绰有余裕。庄子曰："凡物始于细，终于巨。"吾于育蚕亦云。

【注】全文看似在说养蚕，其实由养蚕而发散到经济、教育，再延伸到国家治理，"育蚕之道，得而种桑之利兴，即富国之策，于是著而家可知矣"。最后用庄子的话结束，"凡物始于细，终于巨"。可谓是发微之论。原载于1907年7月29日《广益丛报》。

谢桃坊

　　谢桃坊（1935—　　），成都市成华区八里庄人，西南师范学院中文系毕业。著名学者、词学家和古典文学研究专家，四川省社科院文学所研究员，被誉为百年词学研究第五代的代表人物。词作长于长调，著有词集《甓斋词》《甓斋词拾遗》。

▲ 2018年作者与谢桃坊先生（左）合影　朱玉霞摄

284

诗文成华＼

SHI
WEN
CHENG
HUA

小重山·一九五九年夏由渝返蓉

（当代·谢桃坊）

山路迢迢风萧萧，想见家乡时，魂欲销。谁知三年梦遥遥。多少事，都付江水飘。　　当年意气骄，前程和夜色，凭东眺，而今梦破浑无聊，听夜雨，到明朝。

齐天乐·王建墓

（当代·谢桃坊）

相如琴绝余音袅，幻作永陵抔土。芳草萋绿，幽苔色老，千载光阴如许。冥冥石穴，听宫人春怨，琵琶声苦。偶像一尊，人指说，当年蜀主。　　宣华旧苑何处？想水殿香满，明月窥户。翠华胜赏，离宫夜宴，忽见唐旌飘舞。香奁秀句，问花间词人，沉醉醒否？墓外熏风，开红英无数。

贺新朗·谒朝云墓

（当代·谢桃坊）

梦幻一何速！啭娇莺西湖夜月，归来金屋。身似柳絮随风去，任他天涯飘泊。女儿花自来命薄。相知相怜前缘在，消无言、解公腹中物。春欲去，歌还哭！　　彩天飞去狂风恶。天无情，墓草萋萋，一塔幽独。青泥蓊茏香千载，那记人间荣辱。原卿卿休把眉蹙。仿佛旧孤山，水光潋滟繁英簇。相思树，今犹绿。

石湖仙 · 访苏州范成大故居石湖

（当代 · 谢桃坊）

古虹高踞。尽一派烟波，粼粼容兴。浅黛吴中山、依约是西子眉妩。垂缕拂，傍水岸嫩绿楚楚。凝伫。江南春，忍匆匆去？　青螺斜出江浒。记当时载酒故墅。磷径粉墙，而今石镜何处？零落寒碑，田园秀句。寂寥如许。想雅聚，小红轻歌妙舞。

八声甘州 · 夜宿射洪金华山陈子昂读书台之桂花院，其侧有北宋玉京观

（当代 · 谢桃坊）

忽漫天骤雨，正飘潇，清新洒初暝。洗古台石径，芸香丛柏，苍崖玉京。闲听黄冠夜诵，惜不是书声。老桂窗前影，雨滴惊心！　料应沉冤欲诉，总魂萦涪水，意气难平。对茫茫天宇，歌哭为何人？最怜君遇了明主，起蒿莱，高蹈竟杀身。千载下，怆然独吊，一代精英。

高阳台 · 访李香君故居

（当代 · 谢桃坊）

曲巷斜阳，依然逝水，重寻昔日歌声。新葺院墙，黛绿粉白惜惜。疑是旧燕归来处，问垂杨可记芳名？伤繁华，纵饰朱栏，怎掩凋零。　媚香楼下销魂地，念桃花扇面，泪血沾襟。若是当年，也

应拜倒风尘。英才消尽名花死，泛沉污，谁揾红巾？公子来，灯影迷离，不见那人。

满江红·读宋高宗为苏门学士洗冤诏文感赋

（当代·谢桃坊）

南渡中兴，最可惜，哲人已往。尚记得苏门文采，风流倜傥。虎观议论雄辩起，西园雅集月华上。忽一朝名列党人碑，文星丧。　　郴江水，蛮烟瘴，黄岗地，摩围旁。皆阴风苦雨，豺狼狂放。三十八年冤案雪，四载五鬼归黄壤。读诏书，一曲悼斯文，空惆怅！

八声甘州·武夷山柳永纪念馆作

（当代·谢桃坊）

问仙人一去，几千秋，谁识武夷宫？访崇安古县，冲佑道观，精舍遗踪。今昔茫茫难辨，古庙起凉风。九曲流寒碧，笔架空蒙。　　所幸词人无恙，仍浅斟低唱，倚翠偎红。叹白衣卿相，揶揄正相同。剩丹山片云缥缈，怅平生知者惟虫虫。留连处，凝愁玉女，三十六峰。

虞美人·沐川

（当代·谢桃坊）

　　青山层叠山如黛，翠竹连云海。马帮古道响铃声，僰地先民旧俗，尚堪寻。　　桃源仙境而今少，幽静沐川好。三江环抱画图中，片片丹霞苍岩，映长空。

▲ 2018年作者在谢桃坊先生书房　朱玉霞摄

忆旧游 · 赤城湖

（当代 · 谢桃坊）

戊辰初夏，与学友共游赤城湖。时隔数载，记忆犹新。癸酉寒冬，蓬溪诗友胡君传淮索句，因赋此词。

问洞天第几，仙袂红霞，留此深清？小舟回漾处，弄江花欲碎，跳珠有声。疑是海天空阔，梦里入沧溟。记如黛眉山，惊鸿照影，笑语频频。　　盈盈。有谁识，只一片芳意，最惜惺惺。叹赤城路杳，旧踪依然在，愁绪牵萦。遥念湖光山色，千树仍青青。又几度南风，落花流水终是情。

浣溪沙 · 薛涛井

（当代 · 谢桃坊）

瑟瑟诗魂几许愁，无波古井树横秋。琅玕青翠细香流。　　有泪湘妃成往事，无言人面似含羞。暝烟如梦锁江楼。

后记

　　成华区作为成都市一个年轻的城区，历史上分属成都县和华阳县。从古至今，如杜甫、范成大、陆游等大家耳熟能详的大诗人，他们曾经或游宦、或留寓于这块土地，为这里的风物写下了大量诗篇。历史上也涌现了很多本乡本土的诗人，如曾咏父女等。

　　关于成都，前人出版过《历代诗人咏成都》这类书籍。而全面搜集整理属于成华这块土地上的诗文尚属首次，这是一件开创性的工作。白手起家，其困难是可想而知的。为编写这本《诗文成华》，作者遍阅《成都县志》和《华阳县志》，以及晚清和民国时期的老旧报章杂志，并搜罗了唐宋以降到当代的诗文440余篇（首），实属不易。

　　这里对成华区委宣传部、成华区文联、成华区文体旅局的大力支持表示衷心的感谢。